KB050120

# 소리는 어디에서 오는가

시작시인선 0249 소리는 어디에서 오는가

1판 1쇄 펴낸날 2018년 2월 5일
지은이 이미혜
펴낸이 이재무
책임편집 박은정
디자인 이영은
펴낸곳 (주)천년의시작
등록번호 제301-2012-033호
등록일자 2006년 1월 10일
주소 (04618) 서울시 중구 동호로27길 30, 413호(묵정동, 대학문화원)
전화 02-723-8668
팩스 02-723-8630
홈페이지 www.poempoem.com
이메일 poemsijak@hanmail.net



ISBN 978-89-6021-354-8 04810
978-89-6021-069-1 04810(세트)

값 9,000원


*이 책의 국립중앙도서관 출판시도서목록(CIP)은 서지정보유통지원시스템 홈페이지(http://seoji.nl.go.kr)와 국가자료공동목록시스템(http://www.nl.go.kr/kolisnet)에서 이용하실 수 있습니다.(CIP 제어번호: CIP2018001798)

# 소리는 어디에서 오는가

이미혜

천년의 시작

## 시인의 말

내가 대학에 입학했을 당시 윤동주 시비 옆에는 사복 경찰들이 상주하고 있었다. 내 꿈은 시인이 되는 것이었으나 시인은커녕 평범한 시민 노릇 하기도 어려운 시절이었다.

결국 나는 더 이상 시의 길을 갈 수 없었다. 그런데 무슨 팔자인지 시를 아주 버리지도 못했다. 엉거주춤 살아온 세월이었다. 어쨌든 나름대로 최선을 다하며 살아왔고, 그런 가운데 가뭄에 콩 나듯 시가 나왔다. 1년에 한 편, 또는 몇 년 동안 한 편도 쓰지 못하기도 했다. 그래도 무슨 숙제처럼 그것들을 붙들고 있었는데, 어찌어찌해서 시집을 엮게 되었다.

시집을 내야겠다고 마음먹었을 때, 도대체 시가 나에게 무엇인가 생각해보았다. 마음이 어지럽고 외로울 때 시가 나를 붙들어 주었다. 그것들은 내 마음의 등뼈였던 것 같다. 그리고 가슴속에 묻어둔, 잃어버린 얼굴을 되찾은 것 같다. 부끄럽고 두렵지만, 먼 길을 돌아왔다는 생각도 든다.

이제 시집을 낸다고 생각하니 오래 묵은 숙제를 끝내는 기분이다. 아니, 또 다른 숙제의 시작인지도 모른다.

나는 내 시가 세상 모든 소리들에 귀 기울이고 세상 모든 아픔에 함께 울어주었으면 한다. 그런데 내 마음에도 아프고 쓸쓸한 구석이 많으니, 내 시가 안과 밖 두 세계를 넘나들며 경청하고 공감하고 위로해주는 역할을 하였으면 한다. 그리하여 시가 가만히 마음의 현을 건드려 누군가를 깊은 생각에 잠기게 한다면, 누군가의 손을 잡아 일으켜 연민과 공감의 바다로 이끈다면, 그것이야말로 서정시가 존재하는 이유가 아니겠는가.

내가 가르치는 아이들이 내 시를 읽었으면 좋겠다. 누구나 쉽고 가볍게 읽을 수 있었으면 좋겠다. 밥 먹듯이 시를 쓰고 시를 읽고 시로 대화를 나누고 그랬으면 좋겠다. 그런 시를 쓰고 싶다.

시집을 발간하게 된 조촐한 기쁨을 나의 사랑하는 가족과 제자들, 친구들, 또 나를 아는 모든 이들과 함께 나누고 싶다. 그리고 이 시집이 나오기까지 지지하고 격려해주고 도움을 준 모든 이들에게 고마운 마음을 전하고 싶다. 세상을 살면서 혼자서 되는 것은 아무것도 없다.

2018. 2.

맑고 추운 겨울 아침에 쓰다

## 차 례

제2부

제3부

## 제4부



## 해 설

# 제1부

# 그날

그날
내가 기억하는 가장 추운 새벽에
나는 허락 없이 경계선을 넘었다
날은 영원히 밝을 것 같지 않고
어둠조차 흑유리같이 위태로웠으며
짙은 안개가 내 앞을 잡아먹었다
산다는 것이
이렇듯 경계를 넘는 일이며
자기의 헐떡이는 발자국 소리를 들으며
누군가의 찬 손을 움켜쥐는 일이란 것을
나는 그 문 없는 입구에서 알았다
그날 이후로

나의 일생은 너무 빨리 지나갔다
벌써 내 노년의 밑둥치가 보인다

# 오래된 책

오래된 책갈피에 나는 한 장의 분노를 끼워두었다
어느 날 시간을 마구 넘기다
문득 그 뜨거운 것이
세월의 바닥에 떨어졌다
아직 살아 있는 것인가
날것의 푸른 배를 뒤집어 보면
희망이 비린내를 풍기고 있었다
그래서 아마 나는 모든 것에 너그러웠고
또한 모든 것에 견딜 수 없어 했다
처음에는 내가 가지지 못한 것을 가진 자들에 대해 분노했고
다음에는 내가 가진 것을 가지지 못한 이들 때문에 분노했다
피가 타들어 가던 시절이었다

오래된 책갈피에서 시간이 한 움큼 쏟아졌다
나는 책을 덮었다
얼음처럼 찬 의식의 기둥에
마음을 데었다

## 두고 온 방

기억의 물밑에
방이 하나 있다
생이 제 몸 털어 가벼워져도
잊혀지지 않는 방이 하나 있다
잊지 말자고 우리는 말했다
며칠 머문 방에 무엇을 두고 왔다고
우습게도 잊지 못하는 걸까
창살에 잘린 햇볕 손바닥만 한 슬픔
머리맡 양동이에서 밤새 얼어버린 물 그 속에 잠긴
불안하고 두려운 각오들
잡담처럼 무력한 그 후의 세월들
갇힌 방

허물처럼 벗어버린 옛 맹서들, 빛나는 시절들 너머
문득문득 생각난다
두고 온 그 방

## 육식주의자

나는 채식이 싫다
저 푸성귀 가득한 식탁을 보면
맹렬한 허기를 느낀다
내 송곳니가 으르렁거린다
길들여지지 않은 욕망으로 짐승처럼
포효하고 싶다
나는 아직 충분히 먹지 못했다
저 가난한 풀 따위 걷어치우고
육식의 만찬으로 배를 불리며
기름진 살과 단단한 뼈로 무장하고 싶다
싸워 이기고 싶다

# 청소를 하며

일주일에 한 번씩은
책장이며 액자며 창틀을 닦는다
시간의 먼지가 내려앉아
하얗게 묻히는 것이 두려워서
마른 걸레, 젖은 걸레를 번갈아 가며 닦는다
추억도 무게가 나가는 것인지
나이 들면서 몸무게도 자꾸 늘어
나는 두터워지는 것 같다
묻히는 것은 무엇이나 두렵다
열정이 소진한 대신에
신중해지고 후회가 많아지면서
삶은 껍질을 지어 올리고
언젠가는 푸르게 위장한 봉분에 묻힐 것이다
지상에 남겨둔 보잘것없는 껍질이여
흰 손바닥으로 무엇을 증언할 것인가
일주일에 한 번씩 청소를 하며
나는 닦는다
낡은 세계로 침잠하는 나의 무게를

# 나머지 시간

아이를 낳고부터
무릎이 아프기 시작했다
어느 날 잠에서 깼을 때
서늘한 어둠 속에서 시린 발이 떨고 있었다
때로 이가 시려 칫솔질이 두려워지고
로션 병의 잔글씨가 가물거리기도 해서
예기치 못한 낯선 경험에 당황하는 일도 잦아졌다
이제 위로가 필요한 나이가 된 것일까
산다는 게 늘 낯선 일이지만
몸이 기억하는 시간을 떠나는 일만큼은
도무지 익숙해지지 않는다
점점 무거워지는 육신은 지상의 길에 남기고
끝내는 추억조차 벗어야 하리라고
그래서 나머지 시간은 정신으로 살아야 하리라고
가만히 마음을 다독여보는 것인데
양미간에 주름이 잡히고
자주 눈에 뜨이는 센머리쯤 아무것도 아니라고
몇 번이고 다짐을 하고서도

마음의 옹이
발길에 걸려 넘어지고 또 넘어지고

# 골다공증

이제 나는 늙었나 보다
내 기억의 무게를
다 지고 갈 수가 없다
뼛속에 바람이 들듯
지난날의 상처와 치욕도
세월에 불려 빠져나간다
듬성듬성 비어버린 공동空洞에
망각은 오래 남아 흰옷을 짓고
어느 날엔가는
껍질만 남은 몸이
시간의 강에 잿빛 먼지로 내려앉겠지
훌 것이 되어가는
생의 가벼움이여

## 사탕

나는 약해진 것 같다
딱딱한 객관이
입천장에 상처를 내어
한동안 아무것도 먹지 못했다
단맛의 속임수에
무심코 이를 대었다가
와드득하고 나는 크게 흔들렸다
사금파리처럼 조각조각 내부에 박히는
저 단단한 욕망들
조개의 속살처럼 그것을 가두어 품어
빛나는 진주를 토할 수 있으리라고
한때는 자신했건만
입천장의 쓰라림이 신경 쓰여
자꾸 깨어나는 마음
나는
씁쓸한 입맛만 가두고 말았다

# 나이 듦에 대하여

잎 주위 피부가 건조하다
더 털어낼 추억도 없이
이제 생각은 줄기의 힘만으로 살아간다
바스러지기 쉬운 마음
종잇장처럼 얇게 포개져 떨리고
잘 부러지는 마음의 뼈들
서걱이며 바람 사이를 걷는다
천년을 두고 걸어온 실뿌리들은
더 이상 시간의 진액을 빨아들이지 못해
빈 손가락으로 지상의 나머지 삶을 긁어 들이고

이렇게 비어가는데도
색을 다 놓지 못해 검붉은 얼굴

내가 거두어야 한다
마지막 순간에 고개를 꺾지는 말아다오
마른 꽃이여

# 분실물

또
지갑을
잃어버렸다
외출을 하려고 보니
지갑이 보이지 않는다
온 집 안을 뒤져도 지갑은 없고
온 머릿속을 헤집어도
기억은 닫힌 문처럼 도무지
얼굴을 드러내지 않는다
막막하다
신분증과 신용카드
그리고 쿠폰 같은 것들
또 영수증이랑 장보기 목록
이 도시에서 살아온 두툼한 기록들
손아귀에 꼭 쥐고 살아왔다고 생각했는데
어느 시간의 틈새에 흘린 것일까

기억의 빈 구멍이 늘고
잃어버리는 횟수도 늘어
어느 날엔가는

저 구불구불한 생의 골목에
이 보잘것없는 육신도 떨어뜨리겠지

내 마지막 분실물
찾을 수 없는

# 낯선 흔적

어느 날 집에 오다 보니
골목 어귀에
낯선 포클레인이 서 있다
쓸쓸한 노년의 입속처럼
뭉텅— 기억의 한편이 허물어졌다
거기에 무엇이 있었던가
거대한 손이 자꾸 퍼 올리는
누군가의 흔적에는
휘어진 철근의 잔해, 찢어진 비닐 조각,
그리고 무례한 소음 부스러기들.
짙은 녹색 철 대문을 본 것도 같고,
혹은 유리문에 걸린 철 지난 여성복들이
여름 해만큼 지루하게 그곳을 지켰던가
아이들의 목소리나
젊은 여자의 뒷모습이 빨려 들어가는 걸
본 적이 있는 것도 같다
아니다, 아닐지도 모른다
아무렇게나 팽개쳐진 흙더미 위로
함부로 시간이 걸어 나가고
단 한 뼘만큼의 기억이 백지장처럼 질려

이십 리터 쓰레기 봉지에 몸을 풀었다
십여 년을 걸어 들어온 골목 어귀
그렇게 익숙한 나의 흔적이
저렇게 낯설게 비워 놓은 자리

어느 날 저녁 조용히
내 생이 빠져나가는 모습.

# 이사

이삿짐을 꾸린다
이삿짐을 꾸리는 일은 힘들다
놀이터에서 놀던 아이가 들어오면
방이며 마루에 서걱이는 모래가 밟히듯
내가 걸어온 길을 따라
마음의 바닥에도 시간의 앙금이 깔렸다
가라앉은 것들
오래 묵혀 둔 것들의 촘촘한 알갱이들은
털어도 털어도 어디선가 자꾸 쏟아져
주머니에서도 바짓단에서도
따끔거리는 추억이 실타래처럼 풀어져 나온다
그것들은 따뜻하고
도깨비바늘처럼 들러붙어 잘 떨어지지 않는다
아이들의 해묵은 장난감이나
작아진 옷들
마음 가는 대로 오려둔 스크랩 같은 것들
추억의 집에 들어온 것들은 가지 마라 가지 마라
어둑해지도록 내 얼굴을 들여다보며
나를 시간의 틈새로 밀어 넣는다

허나
허물지 않으면 세울 수 없고
헐벗지 않으면 무성해질 수 없음이여
부쩍 성장한 아이를 보듯이
때가 되면 품 안에 거둘 수 없는 것들이 있다
이제는 작아진 마음의 방에서
밀어내야 하는 것들이 있다
그러므로 낡은 것들을 버리는 일은
기억의 연줄을 끊고
나를 감아들일 실패를 영원히 떠나는 것
영혼의 목줄을 풀어 저 시간의 바다에 풀어놓는 것
발바닥의 고운 모래를 털고 더 단단한 것들을 디딜 준비를 하는 것

이삿짐을 꾸린다
철 지난 추억에 세 살던 마음 먼저
갈 길 먼 이삿짐을 꾸린다

## 사진, 찍힌다는 것

아이들이 우 몰려와 사진을 찍자고 한다
어려운 일이 아니지
그리곤 찍히는 것이다
빈자리가 우수수 내 기억 속에서 떨어지고 나면
나는 또 다른 기억을 심으며 살겠지
그러나 한번 찍히고 나면
그건 얘기가 다르다

우리가 스쳐 지난 가느다란 시간 한 올을
너는 무심히 풀고 가지만
나는 네 생의 한 귀퉁이에 남아
기억의 집을 짓게 될 것이다
무서워라 거미처럼 시간의 속을 파먹으며
나의 봄과 여름과 가을이 거기서 자라날 것이고
내 생의 옆구리를 살짝 찍은 너의 날은
망각의 갈빗대를 부러뜨리며 깊이 들어와 박혀
나는 두 번 다시 벗어나지 못할 것이다
해마다 이맘때면 아이들은 사진을 찍자고 하고
농담처럼 가볍게 흩어져 가고
그리고 오랜 시간이 흐른 뒤에야

비로소 보게 될 것이다
죄짓듯 지은 인연의 감옥에 앙금처럼 가라앉은 나의 시신을
그 한 장의 질긴 무서움을

# 발자국

제주도 바닷가에서 구석기인의 발자국이 발견되었다
5만 년 전 그 먼 절해고도에
말과 코끼리와 사슴이 제 흔적을 남겼다
뭍에 사는 생물이 어떻게 바다를 건넜을까
발자국은 길 없이 걸어온 섬의 과거를
바다 건너 육지에 붙들어 매고
발자국의 미래인 우리는 TV 앞에 앉아
길 없이 걸어온 오늘 저녁을 문득 회상한다
과거를 묻지 마세요
그런데 어쩌자고 구석기인은 선사先史의 족적足跡을 남겼단 말인가
사회 불안을 조성하는 과거 규명은 말아 주세요
유행가 가사처럼 통속적인 저녁 뉴스를 들으며
우리는 서둘러 밥상을 치운다
우리가 들어올 때 문을 닫듯이
오늘은 조용히 닫혀 긴 잠 속으로 잠기고
저문 하루는 이제 하나의 섬이 되었다
그 바람 심한 섬 망각의 바닷가에
우리의 발자국 화석은 선명하고 또 보존 상태도 좋아
제주 빌레못 동굴에서 발굴된 구석기 유적과 관련하여

현생 인류의 직계 조상의 역사가 드러나리라고
학계는 자못 기대감에 들뜬다 한다
문명의 미래가 두고 온 과거를 지고
생생한 기억의 푸성귀 뜯어 먹으며
야생의 퇴적층을 걸어온 발자국은
호모 사피엔스의 수렵과 채취의 진상을 규명하고
구석기 동굴에 묻힌 인류의 과거사를 캐내
뚜벅뚜벅 저 앞으로 걸어갈 것이다
발자국의 힘은 기억의 힘이고
발자국의 길은 오직 섬과 섬 사이에 있다

## 무너진다는 것

베란다 문턱이 무너졌다
어느 날 아침 예고 없이 일어난 일이었다

주인집 할머니는 상황을 살피고 돌아갔지만
그걸로 끝이었다
글쎄 사람을 불러야 하는데
내가 몸이 아파서

문턱도 아마 아팠을 것이다

하얗게 시간을 뒤집어쓰고
저벅거리는 삶의 발자국들을 견뎠을 것이다
짐작할 수 없는 근심과 불안의 무게
몇 개의 기쁨과 소소한 즐거움 따위
그 문턱을 넘나들었을 것이다

그리고 긴 장마철
나무 문틀이 삐걱거리고
축축한 대기가 벽체에 젖어 드는 밤
오래 묵은 침묵을 밀어 올리며

허물어졌을 것이다

무너짐은 한순간이었을 것이다
문턱은 비명도 지르지 않았다

흐린 날들이 이어지고 있었다
주인집 할머니는 아무 소식이 없고
속을 드러낸 문턱의 가슴팍에서는 간간이
헛된 희망과 믿음의 부스러기들이 떨어졌다
문턱은 필사적으로 버티고 있었다
문턱은 벼랑이 되었다

내 뿌리는 어느 벼랑에 매달려 있는 것일까
나는 문턱이 무서워졌다

# 모호한 나무

하나의 뿌리에서
천 개의 눈동자가 피어 올랐다

천 개의 응시
천 개의 두근거림
잎이 연주하는 천 개의 음악

햇빛 머금은 흰색이었다가
푸른 하늘빛 또는 우거진 숲 그늘 빛
보랏빛으로 적막한 산그늘 빛으로
알 수 없는 표정을 지었다

머지않아
잎과 잎 사이 작은 창들은
지나친 무성함으로 뒤덮였다

바람은 수시로 잎의 방향을 틀고
그때마다
천 개의 어둠이 열렸다가 닫히고
그리로 가는 수만 갈래의 길은

어둠 속으로 사라졌다

어떻게 읽으란 말인가
저 나무의 이름을

너무 많은 의미를 뿜어내느라
분주한 잎들은
이미 뿌리에서 너무 멀리 걸어와
돌아갈 길을 잃었다
색과 색이 겹쳐 줄기를 뒤덮고
이제 잎들은 하나의 거대한 덩어리가 되었다

모호해서
모호해서 더 이상 읽을 수 없게 된
저 나무

## 소리는 어디에서 오는가

적막과 적막 사이에 돌을 놓고
한 소리가 걸어왔다
너 어디에서 왔느냐
침묵이 발끝을 적시는 귀와 귀 사이
너 어디에서 왔길래
이렇게 서슴없이 들어서느냐

소리는 귀 기울이지 않으면 들리지 않는다지만
발음이 정확하지 않은 뇌성마비 장애인의 소리를
나는 알아들을 수 없었다
그의 뒤틀린 언어가 내 속에는 없었던 것이다
그렇다면 다른 세계의 소리는
마음이 귀 기울이지 않으면 들리지 않는 것인가
누군가 나를 부르는 소리
세 번이나 불렀는데도 나는 듣지 못했다
짐승처럼 모든 소리를 삼키는
침묵의 나무가 마음 가운데 자라고 있었다

귀와 귀 사이를 떠도는 소리는
어떻게 마음에 다다르는가

문득 마음속에서 징검돌 하나가 떠올라
내 밖으로 멀어져 갔다
파문처럼 파문을 딛고 말들이 건너오는 소리

그렇다 소리는 어디에서 오는가
소리는 오는 것이 아니라 가는 것이다
오래전에 내 우물에 잠든 음성
철사줄로 묶인 연민과 분노와 눈물
목마르고 허기진 마음의 돌들이 단단히 들어차 넘치는 것이다
깊숙한 내부에서 어린 음성이 깨어
절뚝거리며 마음 밖으로 걸어 나오는 것이다

귀 기울여도 들리지 않는다
마음 기울여도 들리지 않는다
애초에 사람들 사이를 딛고 온 마음
사람들 사이를 딛고 걸어 나가는 것이다

## 강낭콩

이봐
네 뿌리는 너무 가늘어
통통한 씨앗의 잠에서 부풀어 오른 너의 꿈이
여윈 손바닥을 펼칠 때
좀 더 따뜻한 깊이를 품었어야지
조그만 화분 하나쯤 깨뜨려 버릴 깊이
한없이 위로만 타고 오르는 네 욕망의 정당성이
저 단단하고 보드라운 흙 속에서 자라는 것임을
알았어야지
봐 벌써 썩어버렸잖아

그리고
인색한 꽃 끝에 아주 작은 열매를 달고
강낭콩의 짧은 생이 끝났다
내가 조심스럽지 못했던 걸까
마른 화분에 그득한 아이의 상심을 안고
그 까탈스런 일생을 추억해 보지만

친절하지 않은 일생을 견뎌온 이들이 있다
강낭콩
너는 용서받을 수 없다

# 제2부

# 달팽이

저 달팽이
가는 길이
힘들다
달랑달랑 집에 붙어
목숨보다 긴 길을 간다
파업처럼 막막한 여름 해가
오래도록 대지에 지지 않는데
목마른 풀잎들 고개 숙이고
개미 몇 마리
끊어진 길 위에서 뒹굴고 있다
징계당한 노조원 같다
저 달팽이
길이 와서
그 집을 떠메고 간다
이슬 한 방울 머물지 못하는
길고 긴 검은 길이

## 한 걸음

한 걸음의 의미를 몰랐다
단 한 걸음
보폭이 너무 작아
나는 내가 걷고 있는 줄도 몰랐다
시간이 한없이
엿가락처럼 늘어지고
이따위 한 걸음은 성에 안 차
달려가지 못해 발을 굴렀다
땅이 꺼지기 전까지는

한 걸음의 미동에
덩굴이 발목을 잡고
돌부리에 걸려 무릎이 깨지고서야
나는 알았다
한 걸음을 내디뎠음을

정체와 전진의 경계에서
벼랑 끝에 선
단 한 걸음
겨우

한 걸음
거기서 길이 시작되는 무서움을
나는 까마득하게 몰랐다

# 모든 슬픔은 현재다
—세월호 참사 3주기에 부쳐

주먹만 한 슬픔이
가슴을 쿵 치고
지나갔다
슬픔은 밤새 눈덩이처럼 커져
마음의 비탈을 내리구르는 통에
잠시 발길 멈춘 위로慰勞는
슬픔의 털끝 하나 다치게 하지 못했다
3년이면 됐다고?
울 만큼 운 울음은 없다
그날 서서히 침몰하는 뱃전에
푸른 멍처럼 달라붙던 물살과
비명처럼 맴돌던 바람 소리
바다도 한참을 망설이는 듯했고
배는 무언가를 기다리는 것처럼 한동안 수면에 떠 있었다
그 모든 일이
손 내밀면 잡힐 듯한 거리에서 벌어졌다
차가운 4월이었다
팽목항에서 울부짖던 가족도
입을 틀어막고 텔레비전 앞을 지키던 목격자들도
그 무서운 눈망울들을 잊지 못할 것이다

그날 배는
항구로 돌아가지 못하고
검고 푸른 가슴에 닻을 내렸다
이제 4월에 피는 꽃은 없을 것이다
새끼손톱만 한 새순이 돋아나는 가지도
무심한 듯 툭툭 망울을 터뜨리는 봉오리들도
서늘한 바람 사이로 콧등을 간지럽히는 봄볕도
그 배와 함께 물 밑으로 가라앉았다
왜 그 배의 이름은 세월호일까
하필이면
속절없는 세월, 기나긴 세월, 흘러가는 세월
그런 수식어에 우리 아이들을 실어 보내게 했을까
슬픔에는 바닥이 없어
300년 아니 3000년이 지나도
마음의 굴곡을 타고 흘러내리는 그리움의 줄기들은
모두 저 푸른 바다로 흘러들어
물살끼리 얼굴을 비비며 어깨를 들썩일 것이다
슬픔은 봉인될 수 없는 것이다
아이들이 서서히 물 밑으로 끌려들어 가는 사이
아주 서서히 7시간이 흐르는 사이

손 내밀면 잡힐 듯한 거리에서
내밀지 못한 손의 회한이
삼백만 년이 지난다 한들
어제 일이라고
지난 일이라고
잊은 척 살아질 것인가
그날
세월이 바다 가운데 못 박혀
시간의 심장이 멈춰버린 날
추억할 수 있는 과거도
기대할 수 있는 미래도 갖지 못한
슬픔의 항로는
영원히 현재가 되었다

## 단원고 김초원, 이지혜 교사를 생각한다

그 물 밖으로 나왔으면 어땠을까
교사로서의 본분을 저버렸다 손가락질했겠지
그 물속으로 걸어 들어갔더니 어땠던가
정규직 교사도 아닌데 연금이니 순직 처리니 가당키나 하냐고
고갤 돌렸지

어디쯤 서 있을까

밖도 아니고 안도 아닌 경계
삶도 아니고 죽음도 아닌 그 경계
비정규직
노동자도 아니고
노동자가 아닌 것도 아닌
그 경계

공무원은 아니지만 공무를 수행하되
공무원이 아니니 순직 처리는 불가능하고
공무원은 아니지만 공무를 수행하므로
공무원으로 간주하여 처벌 시에는 예외가 없고

무슨 경우가 그래요?
법이 그래요 여기가 법치국가라
법이 상식을 배반하는 건
알 바 아니죠

단원고 기간제 교사 김초원, 이지혜 교사
어린 제자들의 찬 손을 잡고
차별의 펄 바닥에 침몰한

## 비디오 보는 아이들

선생님 비디오 봐요
뭘 보고 싶니
무서운 거요 소름 끼치게 무서운 걸 봐요
그럼 창밖을 보렴
사람과 사람 사이 저 허공을 보렴
모든 무서운 것들이 거기서 자라고 있단다
아니 시시해요
전 학교가 더 무서운 걸요
빠져나갈 수가 없어요
그러니 비디오 봐요 여기서 나가게 해주세요
얘야 네 안을 보렴
가장 무서운 것들은 보이지 않는단다
네 안에 저 허공과 학교와 비디오가 자라고 있단다
선생님 무서워요
무서워요 저는 무섭게 피어나고 있어요
선생님은 늘 무서운 이야기만 해주시잖아요 선생님조차 무서워요
그래 얘야 나는 이미 딱딱한 두려움의 일부가 되었지만
기억해라 얘야
채 스무 살도 안 된

네 안에 버글거리는 공포를

공포의 벌레들이 육신을 파먹고 남긴 앙상한 정신의 뼈마디를

언젠가는 너도 겁 없이 사는 게 얼마나 무서운 일인지

알게 될 거란다

## 시를 가르치며

시를 가르친다
강의를 하다 기침만 해도 깔깔거리는
어린 계집애들을 앉혀 놓고
인생의 본원적 슬픔을 읽어보라 한다
이제 봄꽃처럼 만개하는 저 붉은 뺨에 대고
인간의 유한성을 읽어보라 한다
수평선처럼 일렁이는 가슴이
해 돋는 언덕처럼 봉긋한데
생에 대한 관조와 달관을 읽어보라 한다
인생의 허무와, 번뇌의 초극과, 초월 세계에의 지향을
다 읽어보라 한다
시를 가르치는 일은 인생을 가르치는 일인 것인데
조로早老한 아이들은 수도승처럼 고개를 박고
오후의 햇살 속에서 예배드린다
요즘의 교과서엔 좋은 시도 많아
시를 가르치는 보람이 있다
신경림의 가난한 사랑 노래의 주제는
진실한 삶의 따뜻함과 아름다움
가난한 노동자의 새벽 두 시를 설명하지 않는
진실한 삶의 멀건 국물이

시의 밥상에 넘쳐난다
우리 모두 온몸으로 가서 돌아오지 말자고
박힌 아픔과 함께 썩어서 돌아오지 말자고
무섭게 진저리치는 고은의 시는
꼭 젓가락 가지 않는 밑반찬 같아
삼켜지지 않는다
돌아오지 않기 위해 떠나던 이들을 전송하던
숱한 밤들, 못 삼킨 기억들이
아직도 내 목울대에 걸려 있는데
그런 것은 교과서에 나오지 않는다
양성우의 청산이 소리쳐 부르거든이
문제집에 실려 있어
얼마나 반가운가
이때 청산의 상징적 의미는 미지의 이상향이고
화자는 순수한 열망과 동경을 보여준다
아하, 우스워라
포복절도할 노릇이 아닌가
웃다가 웃다가 눈물이 난다
평생 구정물에 손 담가보지 않은
안방마님 같은

삶의 아랫목
껍질만 남은 언어들의 성찬盛饌으로 상을 차리니
수업 시간에 남몰래 손톱을 깎거나
쌍꺼풀을 붙이느라 바쁜 계집애들은
저희들끼리 킬킬거리고
조금 조숙한 어린것들은 벌써 귀밑머리가 세어
하루해는 길기만 하다

## 마들아파트

마을 밖에서 그리로 통하는 길은 없다
줄 맞춰 정돈된 아파트들과
배불러 터질 듯한 대형 쇼핑센터
구색 맞춘 액세서리 같은 상점들
그리고 싱그러운 공원 숲 사이로
흰 비둘기처럼 튀어 오르는 테니스공
여름이면 물장구 소리 천진난만하게 깔깔거리는 수영장을 돌아
12번 마을버스는 아주 먼 길로 돌아서 간다
그 모든 것들 뒤에 서 있는 마들아파트 앞에서
몸을 가누기 힘든 뇌성마비 소녀가 내리고
아이를 업은 젊은 여인이 찡그려 버스를 기다린다
그마저 없으면 마을버스는 종점에서 졸고
사람 그림자 없는 보육원 마당에서 햇빛도 졸고
장애인 복지관의 닫힌 문가에서 바람도 졸고
거대한 송전탑 그늘 아래 마들아파트도 시름없이 졸고 있다
송전탑은 저 먼 대륙으로 빛을 실어나르고
그 전자파의 자장 안에서
얼굴이 노오랗고 조그만 아이들이 무럭무럭 자란다

어른들은 집을 비우고
아무것도 기대하지 않으므로
아이들은 스스로 자라서 무엇이 될지 아무도 모른다
병원도 없고 학원도 없고 가게도 없고
그래도 누구 하나 항의하지 않는,
여기 사람들이 몰아낸 섬 마들아파트에는
가져야 할 것을 가지지 못한 사람들 몇이
자기끼리 버스를 기다리고 있다

## 집에 물이 새다

한여름 장맛비에도 끄떡없던 집에
어느 날 물이 샜다
물은 긴 밤의 끝에 똑똑 떨어져
채 밝지 않은 나의 새벽을 적셨고
천장 가운데 형광등 갓을 타고 흐르는 통에
나는 불도 켤 수 없었다
불안한 마음으로 방과 마루를 들락거리며
누수의 원인과 내가 겪어야 할 불편을 생각하느라
나는 출근도 늦을 뻔했다
유리처럼 얇은 일상의 평화는
이미 깨어진 것이다
윗집 낡은 온수 파이프의 실금에서 새어 나온 물이
이미 오래전부터 조금씩 조금씩 고여
윗집과 아랫집 사이 어둠의 뱃속을 채우고
끝내는 어느 날 나의 천장으로 스며든 것임은
나중에 알았다
종일토록 쿵쾅거리며 대공사를 벌여 파이프는 고쳤지만
한번 길을 잃은 물은 집과 집 사이를 떠돌며
낮은 데로 낮은 데로 깃들 품을 찾느라
이제는 창가 쪽 천장 가장자리에 새로운 얼룩을 만들고

서랍장과 화장대 위에 후둑후둑 제 몸을 떨궜다
이미 넘친 물이 다 말라야 아마도 새는 게 그치리라고
윗집 할머니는 미안해 어쩔 줄 몰라 하셨고
그리하여 미안하게도
아주 오래 묵은 저 음성이 다 마르길 기다리게 된 그 암담한 밤
거실에 자리를 펴고 누운 내 단단한 마음 어디선가도
밤새 물 새는 소리가 들렸다
또는 이 오래된 도시의 견고한 바닥에서도
조금씩 조금씩 고여 넘칠 순간을 기다리며 찰랑이는 소리가 들려
비명처럼 그러다 한숨처럼 잦아들어갔다
이제 물은 더 이상 떨어지지 않고
천장에는 몇 군데 얼룩이 남았으며
아침 신문에는 결식아동과 무료 급식을 기다리는 부랑자의 줄과
보금자리에서 내몰린 철거민들의 이야기가 살얼음같이 깔려 있었다

# 가난을 위하여

가난이 불편일 뿐이라고?
아니다

가난한 아이들의 철없는 욕망은 죄악이 되고
가난한 부부의 헐벗은 사랑은 애증이 되고
가난한 가족의 초라한 기대는 상처가 된다
가난한 이웃의 사소한 다툼은 칼부림을 낳고
가난한 시인의 찢긴 영혼은 시의 무덤을 만든다

그러므로
제 몸 하나 가리지 못하는 가난을 위해
변명하지 말아라
먹을 것 위하여 걱정하지 않고
입을 것 위하여 걱정하지 않고
누울 곳 위하여 걱정하지 않고
그러고도
목마른 정신의 뿌리를 적셔줄 깊은 우물

낯선 길에서
돌 틈에 얼굴 박고 벌레처럼 우는 가난이여

네 욕망을 부끄러워 할 것 없다

한 줌의 욕망은 자유이고, 평화이고, 인권이다

# 용서

세상이 좀 달라졌다고
전태일의 동생 전순옥 씨가
경찰서에서 강연을 했다는데
그 옛날 이소선 어머니 연행했던 형사가
사과를 하더란다
그 옛날의 그 경찰서에서 말이다
그 기사를 본 게
어느 해 여름인데
나는 강연을 마친 전순옥 씨의 귀갓길이
아직도 궁금하다
아마도 여름 해는 길어서
채 저물지 않은 거리로 근심스런
전순옥 씨의 뒷모습이 묻혀 가는 동안
강연을 들은 형사는
옆자리 동료와 함께 자판기 커피를 마시고
늦도록 사무실에 남아 자리를 지키다가
여느 때처럼 차를 몰고 집으로 돌아갔겠지
일찍이 이소선 어머니는 180번이나 법을 어겨 경찰서 문턱이 닳도록 들락거렸고
오래전 저 거리를 술렁이던 사람들은 다시 돌아오지 않

았고
아주 조금 어둠의 빗장을 연 손들은 문밖의 바람에 모가지가 잘려 시간의 틈새로 사라졌고
전순옥 씨는 먼 나라를 떠돌며 그의 오빠를 기록하느라 길 위에서 봄을 맞았다
농담처럼 세상이 좀 달라졌다고
아무 데서나 산책하듯 사과를 하고
또 신년 인사처럼 용서를 건네는 마당에
그 옛날의 그 경찰서 강연장에서 반갑게 용서가 오간들
무슨 상관이겠는가마는
혹은 용서 한 장을 뽑아 코를 풀든 뒤를 닦든 지난날을 문지르든
무슨 상관이 있겠는가마는
나는 왜 이다지도 전순옥 씨의 귀갓길이 궁금한 것인가
쓰라린 여름 해가 긴 그림자를 끄는 거리
아직 불 켜지 않은 상점과 집들 사이로
오랜 기다림처럼 꾹꾹 발자국을 찍으며 묻혀 가는
한 시대의 숨소리, 기침 소리가 말이다

## 진보당 해산 소식을 접하고

민주주의가 기화요초 만발한 뜨락이라면
나는 오늘 잡초 한 움큼이 솎아내지는 것을 보았다
그다지 눈길 주어본 적 없는 풀꽃
그래도 꽃이라고 향을 보태며
저 뜨락의 다양한 생태계 한 귀퉁이를 차지하고
그것이 응달진 구석 자리라 해도 아랑곳하지 않고
고개를 쏙 내밀고 있었다
잡초를 솎아낸 손은
그 모양이 눈에 거슬린다며
꽃 같지도 않은 것이 이 뜨락의 정체성을 위협한다며
단숨에 쑥 뽑아버렸다
머잖아 뜨락의 꽃들이 함부로
제 색과 향으로 보는 이의 눈길을 사로잡는 일은
없어질 것이다
뜨락의 한가운데를 차지한 군락 외에는
벌레가 꼬인다 향기가 독하다
이 뜨락에서 살아남지 못할 것이다
나는 오늘 그렇게
민주주의의 뿌리가 뽑히는 것을 보았다

## 즐거운 감옥

올해가 마지막이다

형기刑期가 끝났다
아침은 너무 일찍 시작되었고
하루는 생각할 시간을 주지 않았다
매일 똑같이 일했고
똑같은 날들이 반복되었다
오로지 먹고살기 위해서 다른 모든 것을 버렸다

이제는 해방이다
비정규직 고용 계약 연한이 끝났다

눈칫밥에 차별에 지난 시간은 길었다
그리고 이제 더 긴 시간이 나를 기다리고 있다
동토凍土의 벌판에 팽개쳐진 채
어쩌면 무기無期일지도 모를

# 정원 스님

눈알 하나
세상을 떠돌아다닌 눈알 하나

저물녘 거리를 서성대다
크레인에도 올라가고
깊은 바다 일렁이는 물결에 잠겨

붉은 눈
불타는 눈
불씨였다가
화염이었다가

어느 흐린 날
세상을 굴러다닌
자비로운 눈알 하나
불타는 숲으로 걸어 들어갔다
눈알 가득 물 한 바가지 머금고

중생제도 발원합니다
승가의 시주물이 다 세속에서 왔으니*

승가와 세속의 경계가 어디입니까

부처님 전 데굴데굴 구르는 눈알 하나
그 숲에서 돌아오지 않았다
-소신공양燒身供養
장기 기증 못함이 아쉽습니다.**

* 정원 스님 페이스북에 평소 올린 글 일부 인용.

** 정원 스님이 박근혜 구속을 주장하며 분신하기 전 페이스북에 남긴 글.

## 대통령의 귀가

그가 떠났다
자신의 성채에서 요란한 경적을 울리며
시내를 가로질러 집으로 돌아갔다
함께 텔레비전을 보던 시어머니는 그래도 불쌍하다고
떠나는 마음이 어떻겠냐고 불쌍하다고
혀를 끌끌 차신다
그 사람 아직도 그 자리에 있어요?
그의 한마디에 자리에서 끌어내려진
한 집안의 가장 외마디 항변도 못 하고
조용히 처박혀 버린 누군가의 생계
그리고 그는 너무 많은 결정들을 감추어두고
아주 조금밖에 대답하지 않는 방식으로
통치했다 그에 대해 아는 사람은
거의 없었다 한꺼번에
너무 많은 질문들이 쏟아지기 전까지는

그가 떠나기 전에
사람들이 거리로 몰려나왔다
그 사람 아직도 그 자리에 있어요?
그 한마디를 돌려주려고 넉 달 넘게 찬바람을 맞으며

광장을 지켰다
그런데
수행원들을 거느리고 경찰의 호위를 받으며
그를 기다리는 지지자들의 함성에 휩싸여
그는 개선장군처럼 차에서 내렸다
미소를 지으며
아직도 저 자리는 나의 자리라고
18년 동안 아버지가 머물던 옛집이며
아버지의 이름으로 되찾은 나의 집이
아직 저기라고
그를 걱정하는 지지자들을 안심시키며 미소로 화답하는데
시어머니는 혀를 차신다
안 됐다고 불쌍하다고

그의 긴 귀가는 아직 끝나지 않았고
그와 그의 아버지를 집으로 돌려보내기 위해
몇 점의 불빛만으로 그토록 오래 캄캄한 바닥을 기어왔는데 말이다

## 통일에 대하여

주인의 허락도 없이
그들이 그것을 가져갔다
어느 날 도둑처럼 다가와

흙 발자국 어지러운 방
걸레질은 주인 몫으로 남겨졌다
우리는 72년 동안
방바닥을 훔쳤다

이제 잃은 것을 되찾으려고 하니
그것이 과연 필요한 것인가
묻는다
있는 것과 없는 것을 저울에 올려
어느 쪽이 더 좋을지
생각해 보자고도 한다
원래 우리의 것이었는데

찬물에 손을 얼구며
허리가 굽도록
평생을 바쳐 방바닥을 닦아왔는데
이제 와서 말이다

# 어느 오폭誤爆

오폭이라고 했다
이라크 모술 서부 지역
미국이 주도하는 국제 동맹군이 폭격을 퍼부었다
통곡이 걸어 다니는 도시
남은 것은 연기와 폴 더미와 빈집
무너져 내리는 정적 위에 걸린 살점들
민간인을 인간 방패로 삼는다는 불평은
머쓱해서 한 변명일 테고
책임자가 질책을 당했는지는 모르겠다
포탄을 낭비했기 때문에

그리고 하루 만에
최악의 오폭은 잊혀졌다
400개의 우주가 사라졌는데

# 김성윤 씨가 두 번이나 경찰서에 가게 된 까닭은

정오를 갓 지난 시각이었다
그 일이 아니었으면
큰맘 먹고 나선 외출
그날 하루도 무사히 귀가할 수 있었을 것이다
여느 때처럼 미끄러지듯 전철의 문이 열렸고
술 취한 사람처럼 비척거리는 김성윤 씨의 걸음이
조심스럽게 전철을 향할 때
누군가 욕을 하며 세차게 그를 밀쳤다
빨리빨리 타지 못한다고
러시아워도 아니어서 한껏 마음을 놓았던 김성윤 씨
그 정도 일쯤이야 늘상 겪는 것인데
그날은 웬일인지
보기 좋게 고꾸라지지 않은 대신
상대방을 향해 손을 뻗었다
차라리 언젠가처럼 바닥에 팽개쳐졌더라면
흘깃거리는 시선에 부끄러운 것도 잠시
일말의 동정이라도 한 줌 챙겨갔을 터인데
그날은 웬일인지 그러지 못했다
자신의 늙음 외에는 돌아보지 않는 할머니와 할아버지가
있는 힘껏 김성윤 씨를 두들겨 팼고

모든 사단은 그로부터 시작되었다
그들이 도망가 버린 후
처참하게 남겨진 김성윤 씨는 어찌할 바 모르다가
신고를 해버렸던 것이다
알아듣기 힘든 김성윤 씨의 웅얼거림에 응답한 공익근무요원 덕에
그는 난생처음 경찰서를 찾게 되었는데
마침 현장의 CCTV도 김성윤 씨의 편이 되어 주었다
김성윤 씨는 그 누구의 도움도 받지 않고
자초지종을 설명했는데
사건을 접수한 형사가 이렇게 말했다
그러니까 당신이 먼저 때렸다는 거 아녜요
그럼 그건 폭행죄지
당신이 잘못한 거야
그 사람들이 당신을 고발하면 당신은 감옥에 가야 해
김성윤 씨의 가슴이 방망이질 치기 시작했다
그는 왜 CCTV에 나오지도 않은 전후 사정까지
있는 대로 설명했을까 바보같이
설령 그렇다 하더라도
쌍방 폭행이란 것도 있다는 사실을 몰랐던 김성윤 씨는

집단 폭행을 당한 자기가 감옥에 가야 한다는 말에
그저 어처구니가 없어 눈물만 나올 뿐이었다
고발을 취소하겠다고 겨우 떠듬떠듬 말해 봤지만
이미 접수한 사건은 취소가 안 된다는
매몰찬 답변이 돌아올 뿐이었다
이제 달아난 두 노인을 찾기만 하면
김성윤 씨는 꼼짝없이 감옥에 갈 판이었다
어차피 김성윤 씨의 어눌한 말투로는 대꾸도 안 될 테니
그저 눈이나 한번 흘겨주고 자리를 피할걸
아니 집구석에나 처박혀 있을걸 뭐 하러 나와 가지고
그러구러 사십여 년 살아왔는데
괜스레 나이 들면서 더 화증이 나서
기어이 일을 치고 말았다
김성윤 씨 혼자 설명하고 진술서 쓰고
그걸 혼자 다 했단 말이야?
그럼 어떡해요 가족들이 알면 또 창피하다 할 거고
참으라고 왜 못 참았냐고 화만 낼 텐데
가족도 있고 직장도 다니고 교회도 다니는 김성윤 씨는
아무도 도와줄 사람이 없어
터벅터벅 경찰서 문을 혼자 나섰다

그러고 다음 날 다시 찾아가
어떻게 취소가 안 되겠냐 사정사정하려 했는데
성동경찰서 정 아무개 수사관
김성윤 씨를 을러대던 담당 형사는 야간 근무라 나오지 않고
다른 이가 접수를 받았다 간단하게
채 몇 분도 걸리지 않았다
땅바닥도 김성윤 씨를 치고 전봇대도 김성윤 씨를 치고
세상 만만한 김성윤 씨
저 혼자 걷다가 이리저리 곤두박질치기 다반사인데
힘들게 걸음 한 경찰서에서 김성윤 씨는 맥이 풀렸다
성동경찰서 정 아무개 수사관
그는 왜 김성윤 씨를 경찰서에 두 번 걸음 하게 했을까
이거 다 사실이냐고?
그야 모르지 가뜩이나 알아듣기 힘든 김성윤 씨의 말
전화로 들으면 반도 못 알아들어
하도 답답해서 차라리 문자로 보내라 해봤는데
아 요새 그 뭐라나 뭔 톡 뭔 톡 그런 거도 좀 좋아
소용없어 죽어라 전화만 하네
하긴 뭐 이놈의 자잘한 휴대폰 자판

내 무딘 손가락도 누르기가 쉽지 않으니
김성윤 씨야 오죽하겠는가
손도 발도 제멋대로에
마음대로 꾹꾹 누를 수 있는 건 제 설움밖에 없는 김성윤 씨
뇌성마비 중증 장애인 김성윤 씨에게 말이야

## 평화의 규칙

평화는 독점할 수 없는 것이어서
내가 평화를 갖는 순간
적에게도 평화가 온다
단 한 번도 무언가를 나누어보지 못한 이들
단 한 번도 무언가를 베풀어보지 못한 이들에게
한없이 포자를 퍼뜨리는 평화의 씨는
고통스럽다
나의 평화가 적에게 죽음을 주지 못한다면
내게 무슨 안식과 평화가 오리
평화의 그늘이 내 집 담을 넘어 무성해진다면
차라리 도끼를 대리
배타적 평화를 용납하지 않는 평화의 규칙을
저들은 이해할 수 없다
그래서 말한다
—평화 비용은 퍼주기다

생각해 보라
평화를 돈으로 살 수만 있다면!
하지만 평화의 몸값은
대개
목숨인 것을

# 제3부

## 그 여자의 따분한 생애

그 여자는 늘 서두른다
서둘러 출근을 하고
하루 종일 개미같이 일하고
또 서둘러 집으로 돌아온다
분주한 하루가 남긴 고단한 석양
아이들은 구겨진 지폐 같은 얼굴로
TV 앞에 옹기종기 모여 있다
가벼운 저녁상 위엔 수북한 허기
가벼운 주머니 속엔 시든 영혼의 무게
문 닫고
한없이 침묵하는 정신의 집에서
밤이 깊어간다
항아리 같은 어둠이
큰 입 벌려 어제를 먹고
컴컴한 내일도 초승달만치 가는 몸을 떨고 있는
그 밤
여행도 안 가고 음악도 안 듣고
한숨도 잊고 슬픔도 잊고
말수도 적고 재미도 없는 그 여자
잠든 아이들 머리맡에 웅크려
서둘러 지루한 생을 깁는다

## 추억 1

4 · 19 며칠 뒤
첫 데모가 있었다
도서관 앞 광장에 몇 송이 선혈 떨구고
학생 식당에는 늘 허기진 삐라가 날렸다
낯선 사내들이 한가로이 신문을 읽던 동주 시비詩碑
나는 멀리서 시를 읽었다
빈 속의 소주처럼 쓰라린 저녁은 일찍 찾아오고
어둠이 기억을 뭉텅뭉텅 베어 물었다
새벽이 컴컴하게 눈뜰 때
복도 구석에 몸을 숨기던 조악한 종이 뭉치들
주변을 두리번거리며 허겁지겁 내 품으로 달려들었다
지금도 소스라쳐 잠을 깨는 그 시절의 추억
빠른 속도로 달려나가던 발자국 소리들
뭐라 알아듣기 힘든 높은 목소리들
그 뒤에 긴 허탈이 가슴을 뜯어먹고
몇 방울 공포도 대롱거리던
숨 막히는 기억의 방에
4 · 19 며칠 뒤
아마도 비가 내렸나 보다
수유리에 가자고 삼삼오오 교문 앞에 모였다가

잠시 들른 방에서 그를 보았다
거긴 뭐 하러 가니
쓸데없이 그런 데 따라다니지 마라
그는 비스듬히 의자에 몸을 묻고
비스듬하게 언제나처럼 쾌활하게 웃었다

어두운 심야 극장 객석에서 저만치 삶을 건너다보며
서둘러 어둠으로 걸어 들어간
시인은 시간의 갈피에 꽂히고

추억은 영영 문을 닫았다

# 추억 2

추억을 떠나온 지 오래
불쑥불쑥 신문지에 싸인 과거가 현관을 두드릴 때,
이거 배달 사고로군, 나는 기억을 닫았다. 어느 날엔가는
창틈으로 조금씩 새어 들어온 시간의 먼지들이 서걱이며 맨살에 밟히고
때로는 예리한 기억의 사금파리 조각에 지난날의 슬픔과 울분이 방울방울 배어 나올 때,
서로 다른 길에 두고 온 추억이 언뜻언뜻 생의 창 너머 얼룩져 내리고,
유폐된 기억의 방에 검은 곰팡이꽃 피고 망각의 벽으로 스며 내리는 검은 물들은 어느새 마음 바닥에 흥건히 고여 발목을 적실 때,
오래 묵은 그리움의 체증에 시달려 내 정신은 야위어갔다
시간은 깊은 강을 이루어
강바닥에 침전된 지난날의 찌꺼기들이
물거품처럼 닥쳐올 무수한 날들을 띄워 올렸다

그리고 어느 날

늘 눈부셔서 나의 목을 타들게 했던 그의 시가

춥고 쓸쓸한 검은 등을 내보이며
비스듬하게 추억의 갈피에서 걸어 나왔다
한때 내 시가 거리를 헤맬 때 좁은 방 딱딱한 나무 의자에 그는 고목처럼 묻혀
맹렬한 검은 잎으로 온몸을 덮고 광합성을 하고 있었다
나는 좌절하였다 나는 옳았지만 그는 빛났다

그리움이 내게 손 내밀었다
비로소 우리의 한 시기가 우리 곁을 떠나고 있었다

# 부양가족

부양가족이 있으면
용감해지기 어렵다
용감한 것도
이기적이 된다
부양가족이 있으면
함부로 꿈꿀 수 없다
푸른빛 악몽은 오래 지속되고

무언가를 지키기 위해
무릎 꿇어본 기억은
더 오래 마음에 딱지를 얹어

나는 착하게 시들어간다

# 일하는 자

하루 세끼 밥을 해 먹는 것은
고단한 일이다
하루 세끼 밥을 벌어먹는 것은
견딜 수 없이 고단한 일이다
글 쓰는 사람은 게으르다는데

나는 밥과 밥 사이에서 살았다
근면과 성실의 밥그릇

빈 공기 가장자리 달라붙은
시의 밥풀

부지런히 일하는 자는 슬프다

## 시 쓰는 일의 어려움

누군가에게
시 쓰는 어려움은
얄팍한 재능
감수성
상상력
매끈한 언어

그러나
그 모든 것보다도 먼저
펜과 종이 위에 잠시 머물 수 있는
한 뼘의 서재
낙숫물처럼 떨어지는 생각이
고일 시간

나는 평생
그 알량한 시간과 공간을 위해
투쟁해 왔다

## 신혼 일기

남편이 집에 없어도 나는 별로 불편한 줄 모른다
형광등을 갈거나 싱크대를 손보는 일쯤
아무것도 아니다
보일러가 고장 나거나 TV가 안 나오면
수리 기사를 부른다
콘크리트 벽에 박아야 할 못은 이사 올 때 미리미리
이삿짐센터 직원에게 부탁했다
한 아이는 업고 한 아이는 안고 비 오는 날 병원에 가는데
나는 내가 받쳐줘야 할 것들의 부피를 깨달았다
부엌도 없는 단칸방에 처음 짐을 풀었을 때
남편은 방문에 채울 자물쇠를 다느라 반나절을 보냈다
대개 남편이 바깥의 큰일을 거두는 동안
나는 자물쇠쯤 수월하게 달아 일상의 문을 여닫고
먼지 내려앉은 생활의 짐을 풀어 살림을 차렸다

남편이 집에 없어도 나는 별로 불편한 줄 모른다
그는 처음부터 집에 없었기 때문에
문패 하나 덩그러니 박아둔 그의 빈집에서
겨울 해와 봄꽃과 거미줄 같은 시간으로 저무는 나의 신혼은
역사처럼 조용히 늙었다

# 이유식 일기

아이가 처음 이유식을 시작했을 때
아이는 단단한 세상을 힘들어했다
붉은 잇몸에서 근질거리는
맹렬한 생의 욕구
아이는 보이는 모든 것들에 침을 흘리며
겁 없이 탐을 냈지만
이도 안 들어갈
세상의 단단함 앞에
어린 식욕은 무참히 꺾였다
언제쯤이면
네 단단한 의지가 희게 솟아나
송곳니 곤두세우고
제힘으로 세상을 물어뜯을까
밥알을 으깨고 사과 조각을 씹어
견고한 육질을 잘게 부수며
모성이
이빨 사이에서 태어남을
처음 알았다
으르렁거리며 걸어온 일생
순결한 잇자국으로

살아가는 일의 첫맛을 보여주며
내가 건너온 위험한 들판
어금니 물고 가야 할 천 년의 길이
오물거리는 네 잇몸에서 자라는 것을
처음 알았다

# 아내의 자리

한 남자의 아내로 남을 수 없는 여자와
한 여자의 남편으로 남을 수 없는 남자가
만나 가정을 이루었다

그렇다면 그 가정은
누구의 몫인가

끊임없이 반복되는 일상의 노동
아이를 낳고 기르는 일
집안의 대소사를 챙기고
또 누군가는 생활을 꾸리기 위해
일터로 내몰려야 한다
여기
동굴 같은 가정이
허기진 입을 벌리고 있다

한때는 함께 어깨 걸고
폭포 같은 태양 이글거리는 거리에 섰고
쓰러진 술병 사이로 목소리 높여
사회와 역사를 논했다

그러나 이제는
혼자 남아
길고 긴 기다림으로 저녁을 지으며
아이를 어른다

옛 친구들을 만나도
명절이라고 온 가족이 모여도
여자들은 분주하게 들락거리고
남자들은 세상 돌아가는 얘기를 하며
더 이상 한자리에 앉지 않는다

한 남자의 아내로 남을 수 없는 여자와
한 여자의 남편으로 남을 수 없는 남자가 만나
여기 가정을 이루었다
한 여자는 그대로 남아 있고
한 남자는 남자의 자리로 옮겨 앉았다
그래서 남겨진 자리
멀찌감치 바라다본다

온 세상 아내의 자리

# 쉬는 날

사막같이 무더운 날
아직 잠 깨지 않은 휴일 아침에
여자가 걸어온다
한 주일 내내 쉴 새 없이 일한 여자가
또 아침을 지으며
구슬 같은 샘물을 길어
사내와 아이들의 단잠을 적신다
차리고 치우고 쓸고 닦고
끓어오르는 대지의 욕망에
넉넉한 아랫도리를 벌리며
여자는 하루 종일 여위어 간다
신이 처음 세상을 만들 때
엿새를 일하고 비로소 쉬었다는 그날
이글거리는 안식일의 가마 속에서
붉은 땀 다 흘리고
흙색으로 익어가는 여자
여자 가슴에 우윳빛 오아시스
세상의 뿌리를 적시는
그 거대한 항아리를 긷고 또 길으며
긷긴 한나절
바짝바짝 구워진다

## 유리병 속의 여자

그 여자가
추억의 유리병 속에 들어 있네
파랗게 갓 데쳐낸 시금치 같은 여자
이젠 날것이 아니네
그 여자
엽록소가 숨 쉬던 시절
텃밭 귀퉁이엔 작은 바람
간지러운 물웅덩이 위에
한 자락 햇볕과 한 뼘의 그늘
함께 숨 쉬고 있었네
실지렁이랑 민들레
풀 비린내 나는 꿈을 꾸고
푸른 손 흔들어
새벽 안개 길어 올렸네
그 여자,
이제는
송사리 같은 아기를 안고
그 남자의 유리병 속에 떠다니네
추억처럼 물이끼 흔들리는
색 바랜 유리병,
그 여자 가만히 한숨을 짓네

# 어머니, 여자의 것이 아닌

어머니가 오신다
어머니가 저기 저 높은 데서 걸어 내려오신다

어머니는 희고 따뜻한 아침이 아니다
어머니는 밝고 찬란한 햇살이 아니다
어둡도록 불 켜지 않은 유년의 방에서
어머니는 거죽만 남아
식은 밥상 위의 묵은 짠지처럼 누워 있었다
때늦은 찬밥을 씹으며 아버지를 기다리다가
나는 아무 데나 쓰러져 잠을 잤다

나는 차라리 고아이길 꿈꿨다

어머니의 동굴은
아름다운 것들을 다 집어삼킨 채 어린아이처럼 보챘고
나는 계모도 무섭지 않았다

영영 끝나지 않을 듯이 긴 하루 끝에
내 울음이 잠들던 아버지의 등에서
나는 젖 냄새를 맡았다

아버지의 몸에서는 새벽밥 냄새도 났다
번개탄이 탁탁 소리를 내며 매운 불씨를 피워올릴 때
나는 뭉클한 젖 냄새를 맡았다

나는 차라리 고아이길 원했다
나무토막 같은 어머니가 쉰소리를 냈다

나 절대로 어머니가 되지 않으리라 다짐했다

다짐했건만
어느새 두 아이를 두고 보니

태어나면서부터 어머니인 게 아니로구나
비로소 생각한다

증식하는 종양처럼 내 몸을 먹고 자란 아이가
내 몸을 가르고 나와
깊은 상처를 남기지 않았던들
나는 어머니가 되지 않았을 것이다
내 몸을 숙주 삼아 꿈틀거리던 낯선 생명체

낯선 우주

한 번도 만져보지 못한 낯선 공포로 숨 막혀 보지 않았던들

나는 어머니가 되지 않았을 것이다

한때는 나의 일부

일부에서 자란 전체

내 수고를 갉아먹고 당당하게 성충이 되는 배추흰나비의 생리에

탈피한 껍질처럼 쪼그라들어 버려지지 않았다면

나는 결코 어머니가 되지 않았을 것이다

내 어머니가 저 높은 데서 걸어 내려오신다

마디가 가늘고 희고 고운 여자의 손으로

도란도란 갑사 치맛자락 끌리는 소리로 이야기한다

꿈보다 보드라운 공단 저고리 스치는 목소리이다

어머니는 거미같이 무서운 시간을 건너오지 못했다

어머니가 저 높은 신화의 언덕에서 걸어 내려오신다

머리는 산발을 하고

허벅지에 휘감기는 젖은 치맛자락

맨발에 거친 손으로 퉁퉁 불은 젖가슴 풀어헤치고
내 봉인된 유년의 빗장을 푼다

여자의 것이 아닌
모성의 빗장을 푼다
—태어나면서부터 어머니인 게 아니로구나

# 아이를 키우며

아이를 낳고 보니
힘든 일투성이였단다
밤낮이 바뀐 너에게
세상 사는 질서를 가르치기도 전에
나는 이미 지쳐버렸단다
그까짓 과자 부스러기나 하찮은 놀잇감 때문에
너는 소중한 하루를 악다구니로 보냈고
나는 문자文子나 범절凡節을 가르치느라
꽃다운 인생을 무참히 버렸단다
너의 욕망은 늘 철없고
나의 욕망은 늘 인내하며
우리가 그렇게 자랐듯이 너희도 그렇게 자랐단다
때로 나이 든 어른들은 모여 앉아
그저 뭐든지 주어라, 어미는 그런 것이어야 한다고
주는 만큼 받는 법이다 지혜롭게 훈계했고
언제는 요즘 아이들은 버릇이 없다고
그저 해달라는 대로 해줘서 위아래가 없다고
애들은 엄하게 키워야 한다고 나무랐다
돌이켜 보면
너희에게 그랬듯이 우리도 그렇게 자랐다

내리사랑이라 헐벗은 부모에게
우리는 평생 빚쟁이로 살았고
위아래 깍듯하게 기강을 세우느라
평생 허리 한번 펴보지 못했다
얘야, 돌이켜 보니
내가 물려받은 유산을 힘 하나 들이지 않고
이대로 물려줄 뻔했구나
얘야,
하루 세끼 밥상을 차려주며
이제사 생각한다
내 주는 것이 아니라 네가 갖고 태어난 것이라고
먹고 입고 쉬는 것이 어디 내 덕이랴
너의 천부인권 아니더냐
또 이렇게도 생각한다
내주는 것이 아니라 받은 것을 갚는 것이라고
핏덩이가 세상에 던져져 어디 제힘으로 컸을까
아이를 낳고 보니
세상 사는 이치가 개벽을 하는구나
뉘 배에서 나왔든 모든 아이는 인류의 미래이며
성년이 될 때까지는 사회적 약자로서 보호받아야 할 권

리를 지닌
　이 사회의 정당한 구성원임에
　나는 경의를 표한다
　너의 인권 앞에 어미의 사랑은 의무란다
　내가 내 인생을 존중하듯이 나는 마땅히 네 인생을 존중
해야 함이
　도덕이고 규범인 것을
　얘야, 너의 잠자리를 지키며 생각한다
　너와 저 모든 어린것들은 이제 내 몸을 파먹으렴
　은빛 거미줄에 독을 치고
　나는 내 생의 종말을 기다리는 것이
　네가 간섭할 수 없는 내 몫의 인생이며
　우리가 우리의 유산을 지고 가듯이 너희는 너희 길을 가
는 거란다
　나는 아무것도 바라지 않는단다

## 시인의 밥상

—나도 아내가 있었으면 좋겠다

시인의 아내가 밥상을 차려준다
살진 시와 향그런 정신을 위하여
밥 한 그릇, 국 한 대접이라도
존경과 정성으로 받들어
눈썹 높이로 올려낸다

시인이 남편에게 밥상을 차려준다
육신을 불리는 기름진 식욕을 위하여
산해진미, 진수성찬 휘어지게 담아
그와 그의 가족들 발아래 엎드려
눈썹 높이로 올려낸다
앙상한 시의 껍질에 시든 영혼의 숭늉과 함께

## 마흔 무렵에

어느 시인은 잔치는 끝났다고 했지만
어느 날 잔치라곤 한 번도 벌여본 적 없는 내 이십 대가
끝났다
그 가난한 서른의 아침에
나는 굶주린 지난날의 모든 기억과
불심검문을 피해 뒷골목을 서성이던 나의 젊음을
미련 없이 쓰레기통에 던져버렸다
털어낼 수 있다면 속옷까지 벗어 털어내고 싶었던
미숙함과 오만과 격정과 의심과
내가 저지른 후회의 끈을 싹둑 잘라
나는 마음껏 소리 지르며
비로소 낡은 사회에서 퉁겨져 나왔다
여자들이 거울을 보며 눈가의 주름을 걱정하는
그 서른의 아침에
나는 실컷 노래를 부르며
마음의 빈방들에 불을 끄고
모든 망설임들, 축축한 어리석음들을 떠나보냈다
그리고 십 년이 갔다
그 십 년 동안
옳은 것은 아름다운 것이다 이런 생각을 했지만

집도 없고 차도 없고 직장도 없이 기성세대가 되어
시간의 중턱에 부려진 마흔 무렵에
아니다
옳은 것은 아무 것도 아닌 것이다
이런 걸 생각해 보는 것이다
수백 년 묵은 긴장과 피로의 뿌리들이 거대한 산호초를 이루는 섬 그늘에
기울어진 폐선처럼 시간의 모래벌에 처박힌
나는 과연 좌초한 것인가
먼바다에서 해일이 일고
의심 많은 스무 살에서 멀리 걸어온
이제 빈손으로 살아남은 마흔 무렵에 서서
나의 생애는
물풀처럼 흔들리고 흔들리며
아직 식지 않은 것인지 모르겠는 것이다

## 순서 놀음

결혼을 하고 상을 차리는데
시어머니의 수저를 놓고
남편과 내 수저를 놓았더니
시어머니가 말씀하신다
장자의 수저가 먼저란다
남편의 수저를 놓고 시어머니의 수저를 놓는 순간
나는 갑자기
밥상머리 가장 낮은 사람이 되었다

상을 차리면서
소복소복 밥을 담는 것도 어려워
시어머니의 밥을 푸고
남편의 밥을 푸고 시동생들의 밥을 푸고
마지막에 내 밥을 상에 올렸는데
시어머니가 말씀하신다
집안의 종손이 먼저란다
남편의 밥을 푸고
시어머니의 밥을 푸고 시동생들의 밥을 푸고
상을 차리다 보니 내 밥을 마지막에 푸게 되었는데
나는 갑자기

집안에서 가장 낮은 사람이 되었다

아이가 태어나
수저를 들고 밥상에 앉을 나이가 되어
그 어린 것들을 먼저 챙겼더니
시어머니가 자리를 내주신다
우리 장손 가장자리 앉아서야 쓰겠니
오순도순 둘러앉은 밥상에
상석과 말석이 생기고 보니
가만히 앉아 수저를 드는 이는 가운데 자리 상석
차리고 치우고 수고하는 이는
밥 한 공기 비우는 동안에도 몇 번이나 일어서는
문간 구석 자리 말석
세상 모든 자리가 그렇더라

땀을 흘리며 수저를 놓고 밥을 푸고
가장 나중에 자리에 앉는 이가 가장 낮은 사람이더라
이 순서 놀음에서 빠져나오지 않는 한

## 천지에 눈발 흩날리는 소리를 들으며

예순이 되면
시집을 내야겠다

공자가 이르기를
나이 열다섯에 학문에 뜻을 두고
서른이면 이립而立이라
확고히 학문의 기초를 세운다 했거늘
내 나이 스무 살
약관弱冠은커녕
잘못 배운 지식들이 뻬라처럼 쏟아졌다
걸음도 못 뗀 아이처럼
갈피를 잃고 어둠의 젖을 물었다

시간이 어떻게 곁을 스쳐갔는지
그 후로 수십 년이 흘렀다
세우는 것보다 무너지는 것이 많아
인생을 가늠하기 힘들었다
마흔은 흐린 유리창 같았던가
나는 닥치는 대로 살았다

그리고 어느 날 눈을 떠보니
머리 위에 하얗게 눈이 내리고
겨울 초입
나는 길 위에 서 있었다
하늘이 무슨 말을 하면
못 알아들을 일도 없겠다 싶다

천지에 눈발 흩날리는 소리
사람들 두런거리는 소리
길이 걸어가는 소리
시간이 안개처럼 내려앉는 소리
소리를 들으려면
제 안의 악다구니는 침묵해야 한다

공자가 말하기를
예순은 이순耳順이라
사사로운 감정에 매이지 않으며 들으면 바로 알아듣고
일흔은 종심從心이라
마음대로 해도 법도에 어긋나지 않는다 했으나

웬걸, 처음 떠나온 길에서 한 걸음도 떼지 못한 채
잘못 채운 단추처럼 인생을 여며버리는 이들도 있다
귀는 어두워지고 마음은 갈퀴 같아
늙는다는 것은 어려운 일이다

그래도 나
부러지지 않았다
가지마다 소복이 후회를 짊어졌지만
에둘러 가지 않았다 이렇게 가느다란 길에서

그러니 예순에는
시집을 내야겠다
그 겨울 끝자락을 걸으며
길이 끝나는 지점까지
몇 편의 시를 들고 걸어가야겠다

# 제4부

## 병病

병은 어머니의 등골을 파먹고
어머니는 우리의 등골을 파먹었다

아니
어머니가 병의 등골을 파먹고
병은 우리의 등골을 파먹었다

칠흑 같은 유년이었다

# 분노는 나의 힘*

나는 결핍에서 태어났다
결핍은 차곡차곡 쌓여 추억의 두께를 이루어
내 지난날은 너무 얇았다
나는 내가 슬프다고 생각했다
그런 일기를 많이 썼던 것 같다
일기를 쓰는 하루는 길고
그러다가 쓸쓸하고 외로운 존재들을 생각하고
나처럼 그들도 읽고 싶지 않은 생애
그 어느 갈피에 간신히 꽂혀
넘어가지 않는 하루를 견디리라
그런 생각을 했던 것 같다
견디는 것은 얼마나 어려운 일인가
견디는 것은 얼마나 부당한 일인가
오래 우는 아이들의 목소리
늦은 밤 불 켜진 창가의 그림자
뭔가를 기다리는 사람들의 눈빛
거절당하고 돌아서는 이의 뒷모습
이런 것들이 낙숫물처럼 가슴 바닥에
고여 찰랑거리다
어느 날 문득

슬픔만으로는 일생을 버틸 수 없다는 것을 알았다

참고 견뎌야 할 것들의 무게에 눌려
입을 틀어막고 달아나지 않도록
내 등을 떠미는

뜨거운 것 맹렬하고 단단한 것
나는 슬픔의 심연에서 나무 한 그루를 키우게 되었다
아아 나는 비로소 살아갈 힘을 얻었다

* 기형도 시의 제목 「질투는 나의 힘」에서 따옴.

## 십 년만 젊어진다면

아니, 무엇을 시작하기에
십 년은 너무 짧다
어른이 되고 싶어 안달하던 단발머리 시절
나의 하루는 낙타처럼 먼 길을 갔다
그 메마른 사막에서 벗어났을 때
자고 나면 시간이 뭉텅뭉텅 빠져
출산한 산모의 머리카락 같았다

이제 와서
듬성듬성 벌어져 시간이 새는 중년의 문턱에서

십 년만 젊어진다 해도 변하는 것은 없다

다시 십 년만 더 젊어진다면
그렇다 해도 무엇이 달라질 것인가

나는 늦은 밤에 태어났다
날이 새려면 아직 멀었고
밤은 더 깊은 밤으로 치달려 갈 무렵
캄캄한 어둠이 나를 끄집어내었다

어머니의 신음이 내게 울음을 터뜨리게 했다
나는 처음 슬픔과 분노에서 생명을 얻었다

그리고 똑같이 지나온 삶

나는 다르게 살고 싶었다
나를 기다리던 오래 묵은 강보襁褓
더디 지나는 하루해를 보내며 흙을 파먹고
다른 아이들처럼 학교에 갔다
해바라기처럼 노오란 얼굴로 무럭무럭 자라
동주 시비詩碑 옆에서 가슴을 쥐어뜯었다
나는 다르게 살 수 없었다

십 년, 아니, 이십 년을 거슬러간들,
달도 기울어가는 시월의 끄트머리
초겨울 어둠이 내 탯줄을 자를 때
나는 이미 알고 있었다
나는 다르게 살지 않으리라는 것을

## 가여운 어머니

가여운 어머니
눈이 있어도 아무것도 보지 않았고
귀가 있어도 아무것도 듣지 않았네
오직 꿈같이 달콤한 세 치 혀
아름답고 영리한 최 부잣집 막내딸
어머니는 혀만 가지고 있었네

어머니 어머니
왜 제게 아무것도 가르쳐주지 않았나요
오오 막내딸 눈에 넣어도 아프지 않을 막내딸
네 구슬같이 초롱초롱한 눈이 널 가르칠 줄 알았지
네 연잎같이 팔랑거리는 귀가 널 가르칠 줄 알았지
때가 되면 세상의 시간이 널 가르칠 줄 알았지
남들은 그렇게 배우더니만
어머니 어머니 가르치지 않은 걸 어떻게 배워
어머니가 내게 아무것도 가르치지 않았으니
난 아무것도 몰라요
아무것도 모르니 할 수 없지 뭐

최 부자는 근면하고 인심 좋다 소문이 자자했지만

그 아들들은 제 몸 하나 지키기 위해 곳간 바닥을 긁고
딸들은 출가외인이라 그저 바라만 봐야 했지 그렇게 최 부잣집 거덜이 났고
밥도 할 줄 모르고 빨래도 할 줄 모르고 오직
종달새같이 지저귈 줄만 알던 사랑스런 막내딸은 결혼을 했고

그래서 어머니의 어머니는 어머니의 아이를 돌보고
어머니의 어린 조카는 어머니의 밥상을 차리고 방걸레를 쳤는데
가여운 어머니 최 부잣집 막내딸은
방 안에 들어앉아 이거 해라 저거 해라 호통을 쳤다네

어머니
그런 법이 어디 있어요
애야 모르는 소리 마라
난 아무것도 몰랐느니라
역사도 사회도 세상 물정도 몰랐느니라
그게 무슨 죄겠니 내 손은 희고 곱기만 한걸

꽃이 시들고
여윈 새가 날개를 접는 어머니의 뜨락은 불볕인데
마음 아픈 어머니는 공주같이 거닐며 노랠 불렀지
꽃아 왜 피어나질 않니 이렇게 해가 밝은데
새야 왜 노래하질 않니 이렇게 날이 고운데
어머니는 끝끝내 눈물 한 방울 떨구지 않았네
그리고 세월은 하염없이 타들어 가 어머니는 병이 들었지

가여운 어머니
어머니를 병들게 한 것은
가난일까
역사일까
노래일까 혀끝의 웃음일까
아니면 남부러울 것 없는 최 부잣집 막내딸일까

어머니
아름다운 어머니는 살아생전 단 세 가지를 할 줄 몰랐으니
노동할 줄 몰랐고
남의 처지를 돌아볼 줄 몰랐고

받은 것 없어도 베풀 수 있음을 몰랐으며

병든 자신을 세상에서 제일 가여워했네
가여워서 용서할 수 없는
나의 어머니
일하지 않는 계급
마음속에 못 하나로 남은 어머니

## 슬픔에는 힘이 있다

5년 동안 성실하게 일만 했는데
올해도 정규직 전환은 안 되었다
아마도 길어야 2년
그리곤 새로운 언덕을 찾아야 한다
나는 마흔한 살 시간의 결을 쓸어올려 본다
언제나 반듯하게 머릿기름을 바르고
파르스름한 로션 향으로 현관을 나서시던
아버지가 뜻밖의 예편을 하셨을 때
우리는 겨우 초등학생이었다
아침마다 세상의 문을 열면서
아버지는 무슨 생각을 하셨을까
저물어 아버지가 세상에서 돌아오셨을 때
아버지는 늘 앞모습으로만 우리에게 다가오셨다
세월은 고슴도치처럼 가시를 세우고
아버지는 말없이 형벌처럼 그 강을 건너셨으리라
무릎을 벤 큰놈
어깨에 매달린 작은놈
초등학생 두 놈이 얹는 삶의 무게에 뺨을 비비니
녹색의 로션 물이 촉촉이 배어나고
흰 러닝 바람으로 아침마다 면도를 하시며

아버지 말없이 삼키신 세월은 가슴 바닥에 고스란히 쌓여
슬픔 한 방울 흐르지 못할 돌밭이 되었던가
아버지는 선인장처럼 배배 말라
나는 누구에게나 나팔꽃같이 웃어 주는 아이가 되었고
두 아이를 키우는 마흔한 살에
이제 저 어린것들의 보름달 같은 웃음의 씨앗이
내 씨방에 그득한 슬픔의 힘으로 자라고 있다

## 손과 혀

수를 잘 놓아 눈썰미 좋고 손끝 여물다 했지
초승달 같은 눈썹에 석류알 같은 잇속
웃음소리가 담장을 넘어 사내들 애간장을 녹이던
최 부잣집 막내딸
곳간에 쌀이 그득그득해도
누구의 어깨가 길러냈는지 묻지 않았지
잘 차린 상 위에 조물조물 무친 나물도
누구의 손끝에서 나온 것인지 궁금한 적이 없지
고이 자라는 새 봉건의 해가 지고 집안이 기울어
명절날 동네 거지 다 모아 한 상 차려 먹이던 최 부자 인심도 사라졌지만
호미질 낫질은커녕
설거지통에 손끝 한 번 담가 보지 않은 아가씨
백옥 같은 손은 세월도 안 탔지
맛보고 즐기는 데 인색하지 않은 혀
그저 방 안에 앉아 이것저것 시키는 혀는 남았지
어머니의 손과 혀는 그대로 남았지

# 꿈

어머니는 늘 꿈 때문에 괴로워했다
무수한 악령과 싸우느라 밤새 한숨도 못 주무셨다
나는 늘 잠들고 싶어 했다
어머니의 삶이 짓누르는 잠에서 깨어나는 꿈을 꿨다
어머니는 꿈꾸지 않기 위해 잠자지 않으려 했고
나는 꿈꾸기 위해 잠들고 싶었다
어머니는 끊임없이 졸고
졸다가 머리를 박고
붉게 방울지는 연민한 삶의 흔적이여
저 전근대前近代의 뜨락에 두고 온 어머니의 단잠이
어머니가 건너온 시간 위로 뚝뚝 떨어져 내리고

그 유년의 기억에서 나 지금도 깨어나고 싶다

## 세상에서 가장 무거운

나에게 먹고사는 일보다 더 무거운 짐은 없었다
다투고 사랑하고 이별하는 모든 일들이
깃털보다 가볍게 느껴질 때

아버지가 지고 걸어온 가난의 무게를 떠올렸다

아버지는 고향에도 소복하게 가난을 쌓아놓고
타향에서도 단 한 번도 기름진 흙을 밟아보지 못했지만
낙타처럼 묵묵히 생의 능선을 넘어
가난한 실향의 비단 꿈길을 걸어가셨다

아버지의 사막에서 태어난 나는
아버지의 발자국 위에서 자라
아버지를 따라 걸었다
걸어도 걸어도 끝이 없는 아버지의 그늘

세상에 먹고사는 일보다 더 무거운 짐은 없었다
오직 하나 그보다 무거운 것은
아버지의 길
그때는 몰랐던

# 어머니의 허리

어머니의 허리가 부러졌다
하필이면 이 무더운 여름날에
어머니는 겨울 솜이불을 털어댔는데
어디서 하늘 무너지는 소리가 났다
너무 오래 서 있어온 생이 한꺼번에 주저앉는 순간에
평생 털어내지 못한 가난과 질병의 무게도
어머니의 숭숭 구멍 뚫린 한 생애 위에 부려졌고
꽃다발같이 고운 신경 다발이
척추의 틈새로 비명을 질렀다
그 솜이불
할머니가 직접 따신 목화였을까
의사는 고개를 젓고
노인네도 참, 자식들은 어이가 없고
그리고
한때는 햇솜같이 포근했겠지만
더 이상 부풀어 오르지 않는 추억의 신경망이
어머니의 나머지 생을 쑤셔댈 것이다
뼈에 구멍을 뚫어 석고를 채우고 어머니는 일어섰지만
어머니가 기댈 등뼈는
다시 일어서지 못했다

# 간병인

밤에 잠을 못 자서 죽을 지경이라고
간병인이 하소연한다
밤새 코를 골며 곯아떨어져 있더라고
어머니는 분을 삭이지 못한다
수도 없이 자리에서 일어나는 어머니 때문에
간병인의 잠은 도막이 났을 것이고
그렇다고 어머니를 걱정하느라
뜬눈으로 밤을 새지도 않았을 것이다
저 할 일이 뭔데
여기 잠자러 왔나
평생 남의 노동으로 살아온 어머니는
알약처럼 삼켜지지 않는 노여움이 파랗게 일어
가느다란 팔뚝의 링거 줄을 흔들어대고
이렇게 잠 안 자는 환자는 처음이라서
얼마라도 더 주면 몰라도
평생 헐값으로 노동을 팔아왔을 간병인은
짜증과 한숨을 양미간에 모으며
붉게 핏발선 말꼬리를 자꾸 흐린다
12시간 3만 5천 원
24시간 5만 원이라니

아이를 키우든 늙은 부모를 모시든
어엿한 종합병원에 입원한 환자 수발조차
제 밥벌이도 고달픈 가족에게 떠넘기는 나라에서
끊임없이 불평을 해대는 초로의 간병인은
휴일도 휴식도 없이 24시간
꼬박 한 달 일해야 150만 원을 번다고
불현듯 속으로 셈을 하다 나는 망연해지고
간병할 기력도 간병비를 댈 여력도 없는
늙은 아버지 어깨 위에
짐짝 같은 여든 해가 지고 있다

## 뿌리를 거두다

어머니의 머리를 감겨드리다
문득 손아귀에 쥐이는 것이
한 움큼도 되지 않는다
그 가느다란 실뿌리들을 어디서 보았더라
꽃집에서 사다 놓은 상추 모종 몇 포기
그 여름내 뜯어먹을 만했다
화분도 둥지라고 어린잎들이 입을 벌리고
부쩍부쩍 손바닥만 하게 살이 올랐다
여름이 끝날 무렵
훌쩍 야윈 줄기의 끝에 꽃이 피더니
더 이상 잎이 자라지 않았다
상추는 완경完經을 한 것이다
시드는 일만 남은 쓸모없는 풀이 되어
쓰러질 듯 휘청거리는 상추의 빈 대를 뽑아
화분을 정리하던 날
한때 세상의 밥상을 길러낸 실뿌리들이
아직 가슴에 바글거리는 흙을 품은 채
맥없이 쑥쑥 뽑혀 팽개쳐졌다
한 움큼도 안 되는 그 머리카락이
그나마 물살에 쓸려

수챗구멍에 달라붙어
나를 올려다보았다
어머니의 머리를 감겨드리며
보잘것없는 상추 뿌리를 거두어
마음 텃밭에 옮겨 심은 날
이제는 힘을 다한 어머니의 수맥이
내 마른 뺨에 물길을 내고 있었다

## 가족사家族史

처음부터 아무것도 없이 시작하였다

함경도 산골 먹을 것 없는 땅에서
열여섯 살 우리 아버지
등판 가득 칠보산 칼바람 지고
헐벗은 역사 건너 삼팔선을 넘었다

충청도 대지주 막내딸
우리 어머니
도박 빚에, 첩질에, 좌익 운동에, 서슬 퍼런 공출에
남자들이 쓸려간 집엔 나락 한 톨 남지 않았다

인천 부둣가 드럼통 지다 허기에 지쳐
아버지, 목마른 책일랑 덮고
푸른 옷에 청춘 묻어
죽음인지 삶인지 포화 속에서
형제와 마주치지 않기만을 바랐다

옛날은 가고 기억은 남아
철없는 어머니, 단칸셋방 쪽마루 끝에서

하염없이 저녁놀 물들다
그예 정신을 놓아버렸다

가난한 이불 속에서 가난을 낳고
말 못 하는 세월만 소복소복 쌓여

여전히 아무것도 없는 아버지,
낡아도 버리지 못하는 세간마냥
시간의 끝자락을 붙들고 계신다
풀뿌리, 나무뿌리에 허기지던 칠보산 자락
쓴나물밥처럼 넘어가지 않는 그 시절을

색 바랜 저고리에 브로치며 반지 두어 개
큰 가방에 소중히 꾸려놓으신 어머니,
누구누구 주라는 알량한 유언장까지
날마다 새로 쓰신다
보탤 것 없는 하루만 저물어 또 쌓이는데

…… 아무것도 남지 않았다

## 카레가 놓인 식탁

전화를 받고 뛰어나갔다가
돌아와 보니
그날 점심에 맛있게 끓인 카레가
냄비 안에서 고스란히 쉬어 있었다

그 사흘 동안
나는 일생 몫의 울음을 다 울었고
아무 일 없었던 것처럼 카레가 놓인 식탁
그러나 이제는 먹을 수 없는 카레의 식탁으로 돌아왔다

분홍색 고기와 주황색 당근, 그리고 하얀 양파를 볶다가
물을 붓고 노오란 카레를 넣어
탐스런 식욕이 색색으로 끓어오르던 한낮이었다
그날
창밖에 겨울 햇살 맑은 그날
심장이 멎듯 식탁의 시간이 정지된 날
아버지는 어느 생명의 그루터기에 앉아 잠시 숨을 고르다가
불현듯 삶이 아버지의 가슴을 탁 치고 빠져나가자
가파른 산기슭 검은 흙에 몸을 내려놓으셨다

그리고
내가 뛰어나간 자리
카레의 온기는
서서히 식으면서 굳어갔을 것이다

그날 이후
한동안 카레를 먹지 못했다

아마도
카레는 또다시 내 삶의 식탁에 오르겠지만
아버지가 돌아가신 그날 이후
다시는
그토록 노오랗게 끓어오르지는
못할 것이다 다시는

## 살면서 가장 한스러운 일

살면서 가장 한스러운 일이 뭐냐 하면
아버지가 돌아가신 거다

삼팔따라지 혈혈단신 월남한 아버지는
육이오 참전 용사로 훈장을 받으셨고
해마다 유월이면 시청 앞 거리 행진에 동원되었다
조선일보를 열심히 구독하며
나라 돌아가는 꼴을 개탄해 마지않던 아버지는
그 딸이 최루탄 자욱한 거리를 헤매는 동안
함경북도 부령군 석막면 면민회 일이라면 두 팔 걷고 나섰고
이북 오도민회 행사라면 체육대회 한 번 거르지 않았다
칠보산 자락 험난한 오지에서
제 밭떼기 하나 없이 케케묵은 가난에 쫓겨 내려온 아버지
육이오 참전 용사 반공주의자 아버지는
고향이래 봤자 땅이 있는 것도 아니고 집이 있는 것도 아닌데
뭣 하러 그렇게 쫓아다니셨을까
금강산 그거 가서 뭐하냐
산은 역시 칠보산이지 시큰둥하던 아버지가

막상 금강산 관광을 가볼까 하시니까
어머니는 날 버리고 어딜 가냐고 펄쩍 뛰시고
기껏 며칠 관광길에 뭘 그러시느냐 웃는 자식들에게
니네는 모른다 저 양반 가면 안 돌아온다
어머니 표정이 무서웠다
산은 역시 칠보산이지 뇌이며
팔순을 앞두고도 부지런히 전국 방방곡곡 산을 오르던 아버지는
그예 어느 날 관악산 자락에서 눈을 감았고
칠보산 능선은 타지 못하고 말았다
해마다 효창공원에서 열리던 이북 오도민회 체육대회
이젠 불러주는 아버지도 없고
육일오 공동 선언 열일곱 돌도 맥없이 가고
여전히 아버지의 우편물 함엔 좌익에 맞서 궐기하라 어쩌구 따위
조갑제의 책들이 쌓여 있는데

살면서 가장 한스러운 일이 뭐냐고 하면
아버지가 통일을 못 보고 돌아가신 거다

## 슬픈 바리데기

아버지가 돌아가신 후
어머니는 우리 모두의 골칫덩이가 되었다

찾아뵙고 안부 묻고 말벗해 드리는 거야
늙은 부모에게 바치는 자식들의 의례겠지만
식사와 청소와 세탁 그 어느 것도
어머니가 할 수 있는 일은 없었다
어머니의 살아 있는 입
말하고 먹고 마시는 입 하나를 봉양하는 것이
이리도 수고로운 줄
아버지 계실 적엔 알지 못했다

10년의 시간이 자식들의 애잔함과 의무감과 정성에
땟국을 입히는 동안
쇠락해 가는 어머니의 육신과 정신은
갈퀴처럼 더 많은 손길과 간병을 긁어 들였다
기억과 논리가 빠져나가 가벼워진 어머니는 고집이 세지고
기운과 근력이 떨어진 자식들은 같은 설명을 하는 것도 힘이 들어

어머니와 우리가 함께 나이 들어가는 일은
점점 서로에게 불행이 되어 갔다

아이를 돌보는 일도 힘이 들지만
성장을 지켜보는 것은 보람이 있지
늙은 부모를 돌보는 일도 힘이 들지만
그분의 희생을 떠올리면 아무것도 아니지

그러나
어머니를 돌보는 일은
어머니의 끝없는 퇴행을 지켜보는 것
어떠한 애틋한 추억도 없이
떠올리고 싶지 않은 유년의 찬방에서

바리데기는 말했단다
부모 봉양 가려느냐 부모가 묻자
어마마마 배 안에 열 달 들어 있던 공으로
소녀 가오리다 가오리다

버려진 일곱 번째 공주는

가시성 철성 에워싼 천 리 길을 목숨 걸고
배 안의 열 달 그 공이 뭐라고 부모 봉양하러
그 먼 길을 떠났다지만

바리데기
우리는 어머니의 바리데기
그러나 바리데기가 될 수 없는 바리데기
바리데기 생명수 찾으러 가시 찔리며 가는 길
바리데기가 될 수 없는 우리는
끝 모르는 가시밭길

# 어떤 인사

안녕하세요
고맙습니다
어머니는 인사를 잘한다
누군가 조금 알은체를 해주거나
사소한 친절과 호의를 보이면
어머니는 실눈을 뜨고
이를 가지런히 드러내 미소를 짓는다
인사는 어머니의 트레이드마크
이렇게 한결같이 교양 있는 일생을 살기란
쉽지 않은 일이다
어머니를 위해 수고한 이들은
감격하였고
어머니의 답례 인사는 화제가 되었다
인사에 인색한 사람들을 어머니는 경멸하였고
그들의 무례함에 고통받았다

성정이 도도하여
먼저 인사하는 법이 없는 어머니

평생 누구를 위해 수고해 본 적 없고
친절을 베풀 줄도 몰랐지만

## 추억을 갖지 못한 자의 슬픔

견딜 수 없이 배가 고플 때가 있다
배가 고프면
손이 떨리는 증상이 있다

축적된 양분이 없어
허기가 손끝으로 모이나 보다
뭐라도 움켜쥐라고

하지만
내게는 뜯어먹을 추억이 없다
아주아주 배가 고플 때
조금씩 조금씩 아껴서라도

나는 지도 없는 마을에서 살았다
종종 길을 잃었다
해는 넘어가지 않고
문은 굳게 닫혀 있었다

나는 문밖의 아이
붉은 석양에 뺨을 적시며

어느 문가에 서성였을까

그 후로 언젠가부터
내 안에 허공 하나를 키우게 되었다
공갈빵처럼 부풀어
어린 나를 달래는

해 설

# 삶의 난장, 시의 길목

최현식(문학평론가·인하대 교수)

"생이 제 몸을 털어 가벼워져도/ 잊혀지지 않는 방"(「두고 온 방」)을 감춘, 아니 반드시 그곳에 들어야 하는 삶은 어떨까? 불행하게도 스스로가 "다르게 살지 않으리라는 것" (「십년만 젊어진다면」)을 미리 알아버린 존재일수록 그 '방'은 너무 좁거나 어둡게 느껴질 것이다. 하지만 폐색된 방 "천 개의 어둠"은 오히려 "천 개의 응시/ 천 개의 두근거림/ 잎이 연주하는 천 개의 음악"(「모호한 나무」)에 대한 자유로운 상상과 강렬한 욕망을 더욱 자극하는 경우가 적잖다. 그런 점에서 '어둠의 심연'은 '빛의 광장'으로 깊게 열릴 수도 있다. 물론 '검은빛'의 세계는 "짐승처럼 모든 소리를 삼키는/ 침묵의 나무"(「소리는 어디에서 오는가」)를 개방의 음音과 율律의 조건으로 삼을 수 있어야 하는 역설의 공간이다. 그렇기에 그곳은 두려움과 긴장감으로 항상 울울할 수밖에 없겠지만, 그러나 그런 조건이야말로 자아와 세계를 둘러싼 '침묵'에 대한 조심스러운 경청과 숙연한 명상의 기회를 더욱 드넓힌다.

여러 시를 겹겹이 이어본 까닭은 "예순에는 시집을 내야겠다"(「천지에 눈발 흩날리는 소리를 들으며」)라고 마음먹은 이미혜 시인의 마음 곳곳을 서둘러 엿보고 싶어서였다. 그녀는 지금 이른바 '386세대'라는 말에 규정된 세대의식과 때로는 친화하고 때로는 불화하느라 바쁘고 힘겹다. 과연 "얼음처럼 찬 의식의 기둥에/ 마음을 데"(「오래된 책」)어 시(인)를 숨겨 꿈꾸되 "공갈빵처럼 부풀어/ 어린 나를 달래는" 식의 "내 안에 허공 하나를 키"(「추억을 갖지 못한 자의 슬픔」)우는 것조차 '사치'라고 매일매일 마음을 다잡아야 했던 시절을 아프게 고백 중이다. 하지만 동시에 오래된 어둠의 "책갈피에서 시간 한 움큼 쏟아"져 "세월의 바닥에 떨"어지는 "그 뜨거운"(「오래된 책」) '시'라는 홍역은 이제는 더 이상 외면할 수도, 참을 수도 없는 늦게 도착한 '무엇'이 되었다. 이런 시에 대한 금지와 열망을 둘러싼 층층의 서사와 겹겹의 서정은 이미혜 언어와 감각의 알토란 『소리는 어디에서 오는가』가 발생하고 구성되는 첫 번째 소이연이 아닐 수 없다.

어느 세대는 안 그렇겠냐마는, '결핍'의 슬픔에 매우 민감하며 "슬픔만으로는 일생을 버틸 수 없다는 것"을 개인을 넘어선 공동체의 운명으로 내면화한 세대들은 '살아갈 힘'을 주는 "뜨거운 것 맹렬하고 단단한 것"(「분노는 나의 힘」)을 생의 윤리와 목표로 삼는 데 기꺼이 즐겁고도 애달팠다. '더 나은 삶'과 '희망의 연대'라는 수식을 단 그것은 때로는 진보를 향한 혁명으로, 때로는 정의를 향한 율법으로 '386세대'의 범속한 삶 또한 거칠게 윽박지르는 한편 다정다감하게 달래었다. 그 무엇도 불명료하며, 그 어떤 방법도 모험에 가깝던 청춘의 시절, '어디에도 없는 장소'(UTOPIA)는 지나치게 뜨거워서 "가장 추운 새벽"의 형식으로 달려들곤 했던 기억은 동시대를 함께 지나온 시인과 평론가에게 오늘의 일처럼 선명하다.

> 그날
> 내가 기억하는 가장 추운 새벽에
> 나는 허락 없이 경계선을 넘었다
> 날은 영원히 밝을 것 같지 않고
> 어둠조차 흑유리같이 위태로웠으며
> 짙은 안개가 내 앞을 잡아먹었다
> 산다는 것이
> 이렇듯 경계를 넘는 일이며
> 자기의 헐떡이는 발자국 소리를 들으며
> 누군가의 찬 손을 움켜쥐는 일이란 것을
> 나는 그 문 없는 입구에서 알았다
> 그날 이후로
>
> —「그날」 부분

'내일'과 '진보'로 지향된 삶은 언제나 주어진 현실에 대한 '경계 넘기'는 물론, 공포와 자랑 이상의 운명애(愛/哀)를 존재의 문법으로 휘감기를 끊임없이 요구하곤 했다. "문 없는 입구"라는 모순된 수사-개념이, '문'과 '입구'의 순서가 암

시하듯이, 현실의 변화가 희망을 향해 방향을 틀지라도 그 이상의 좌절과 패배를 어김없는 '통과세'로 징수할 것임을 예고하는 말인 까닭이다. 자유와 평등의 진화나 물질적 풍요의 축적에도 불구하고 야만적 권력과 악의적 무관심이 횡행하는 비상식적 국면은 그때나 지금이나 여전하다. 아무려나 '팍스 아메리카'의 오도된 경찰주권의 폭력적 수행(「어느 오폭誤爆」)이나 "4월에 피는 꽃은 없을 것"임을 차갑게 알리는 세월호 참사(「모든 슬픔은 현재다」)는 우리 삶을 마구 휘젓던 1980년대 '끔찍한 모더니티'가 '지금 여기'의 현실에 맞춰 더욱 거칠게 재현된 필연적 비극의 일종인 것이다.

그런 점에서 『소리는 어디에서 오는가』에 점점이 박힌 시인의 분노와 비판은 여전히 삶은 불우하며 현실은 기만인 세상을 향해 억지로라도 지불해야 하는 '통과세'의 심리적 형상이다. 그렇기에 '출구 없는 문'을 마음에 품고 "그렇게 익숙한 나의 흔적이/ 저렇게 낯설게 비워 놓은 자리"(「낯선 흔적」)를 계속 찾아가는 단단한 행보는, 힘센 권력들의 야만적 폭력과 억압의 횡행 때문이라도, 인간다운 삶을 위한 실존의 기투로 높이 떠오를 수밖에 없다.

그렇다 소리는 어디에서 오는가
소리는 오는 것이 아니라 가는 것이다
오래전에 내 우물에 잠든 음성
철사줄로 묶인 연민과 분노와 눈물
목마르고 허기진 마음의 돌들이 단단히 들어차 넘치는 것이다

깊숙한 내부에서 어린 음성이 깨어
절뚝거리며 마음 밖으로 걸어 나오는 것이다

—「소리는 어디에서 오는가」 부분

약자를 함부로 옥죄는 "철사줄"에 맞선 물리적 저항과 정치적 투쟁은 공동체의 회복과 재구성을 위한 해방운동을 대표한다. 하지만 시의 진정한 투쟁은 싸움의 과정에서 발생하는 "연민과 분노와 눈물"의 미학적 드러냄에 그치지 않는다. 오히려 그 감정들이 발생하는 주체의 "깊숙한 내부에서 어린 음성"을 끄집어낼 때 비로소 시작된다. 그러니까 시는, 랑시에르의 말을 빌린다면, "어두운 삶에서 새어 나오는 소음으로밖에 들리지 않았던 것들을 (대화와 소통의–인용자) 담론으로 들리게 만"듦으로써 '몫 없는 자들의 몫'을 만들고 또 그것을 돌려주는 계기를 마련하는 일로부터 부조리한 세계와의 투쟁을 시작하는 것이다.

그 작업의 첫 순서는 어지러운 세상에서 "천지에 눈발 흩날리는 소리/ 사람들 두런거리는 소리/ 길이 걸어가는 소리/ 시간이 안개처럼 내려앉는 소리"(「천지에 눈발 흩날리는 소리」)를 듣고 그 의미와 가치를 시화하는 작업일 것이다. 이 '소리'들은 어떤 모방도, 어떤 개념화도 함부로 허락하지 않는 유일무이한 '무엇'이라 할 만하다. 이 '무엇'들은 그러므로 막스 피카르트의 말을 빌린다면 "모든 것을 평준화시키고 모든 것을 똑같게 만"드는 권력과 군중 동시의 '잡음어'를 가장 경계하고 가장 멀리한다. 하지만 그러려면 "제 안의 악다구니"는 절대로 '침묵'(「천지에 눈발 흩날리는 소리를 들으며」)해야 한다. 나아가 너와 나의 “우물에 잠든 음성”을 이른 아침 명랑한 “어린 음성”으로 변환할 줄 아는 통찰의 눈과 예지의 입술도 갖춰야 한다.

견디는 것은 얼마나 어려운 일인가
견디는 것은 얼마나 부당한 일인가
오래 우는 아이들의 목소리
늦은 밤 불 켜진 창가의 그림자
뭔가를 기다리는 사람들의 눈빛
거절당하고 돌아서는 이의 뒷모습
이런 것들이 낙숫물처럼 가슴 바닥에
고여 찰랑거리다
어느 날 문득
슬픔만으로는 일생을 버틸 수 없다는 것을 알았다

—「분노는 나의 힘」 부분

‘견딤’의 어려움과 부당함은 그것을 초래하고 강요하는 현실의 모순이 개인적 슬픔을 넘어 집단적 분노의 대상으로 화하기 마련임을 감각적으로 환기하는 시편이다. 표면적으로 본다면, 시적 화자는 인간에 대한 존엄과 예의를 제멋대로 파탄 내는 ‘잡음어’에 대한 성찰과 저항을 넘어 그것의 해소까지를 목적하는 듯하다. 하지만 완미한 형태의 말을 못하고 그것을 “오래 우는” ‘목소리’로 대신하는 ‘아이들’을 주의한다면, 그 ‘견딤’은 가족의 사랑과 소통을 가로막는 ‘잡음어’에 대한 완강한 ‘귀 막음’만을 지시하지 않는다. 더욱 중요한 것은 의미가 불분명한 아이의 울음을 뚫고 아이가 전하려는 뜻과 감정을 되도록 빨리, 정확하게 짚어내는 일이다. 요컨대 '견딤'은 힘센 타자에 대한 거부이기도 하지만, 고독한 너를 찾아가 사랑과 연대의 노래를 불러주는 아니 함께 부르겠다는 마음가짐이기도 한 것이다.

이런 까닭으로 '분노'와 '슬픔'을 시라는 침묵의 언어로, 다시 말해 "어린 음성"으로 변환한다는 것은 '잡음어'의 혼돈 속에서 '너'와 '나'의 몸과 마음이 함께 드넓어지고 깊어지는 법을 배운다는 것을 뜻한다. 이 지점에 『소리는 어디에서 오는가』가 시인됨의 증언으로만 집요하게 고백되지 않고, 제 소리를 잃거나 아직 못 갖춘 타자들의 내면이나 침묵에 관한 발화로 다성화多聲化되는 까닭이 존재한다. 우리는 이 비밀을 공유하기 위해 부자유와 부조리를 남조濫造하는 무소불위의 권력에 대한 비판적 국면을 지나, 억압된 타자들의 은폐된 내면과 언어에 대한 애틋한 사랑의 풍경으로 들게 될 것이다. 그때서야 비로소 '예순 이전'에 시집을 내야겠다던 이미혜의 내면에 감춰진 시의 삶과 삶의 시를 향한 신실함과 진정성이 제대로 드러나게 될 것이다.

선생님 비디오 봐요
뭘 보고 싶니
무서운 거요 소름 끼치게 무서운 걸 봐요
그럼 창밖을 보렴
사람과 사람 사이 저 허공을 보렴
모든 무서운 것들이 거기서 자라고 있단다

아니 시시해요

전 학교가 더 무서운 걸요

빠져나갈 수가 없어요

그러니 비디오 봐요 여기서 나가게 해주세요

얘야 네 안을 보렴

가장 무서운 것들은 보이지 않는단다

네 안에 저 허공과 학교와 비디오가 자라고 있단다

—「비디오 보는 아이들」 부분

공포와 불안의 밀도는 동일한 사건이라도 경험자의 처지와 심리에 따라 확연히 달라진다. 아이들에게는 '학교'가, 교사에게는 '허공'이 무서움의 대상인 것은 그곳들이 모순적이며 폭력적인 '잡음어'의 원천이자 배양지이기 때문일 것이다. 그 "무서운 것"에 맞서 아이들은 공포의 극점을 달리는 허구적 상상의 "비디오"를 떠올리지만, 교사는 "허공과 학교와 비디오가 자라고 있"는 우리들의 내면을 서슴없이 가리킨다. 무서움, 바꿔 말해 '잡음어'의 대상이 몇몇으로 한정되기는커녕 지속적으로 축적되고 팽창된다는 것은 다음과 같은 뜻을 나타낼지도 모른다. 세계가, 아니 인간 자체가 "잡음어가 펼쳐지는 장소에 불과할 뿐이"며, "인간은 잡음어를 위한 공간에 지나지 않는 것", 따라서 "잡음어는 이미 그(인간-인용자) 행위의 일부이고, 그 때문에 위험스러운 것이 된다"(막스 피카르트)는 사실 말이다.

이를 감안하면 「비디오 보는 아이들」은 꽤나 의미심장한 시편이다. '학교'라면 국민의식의 강화와 지식 · 정보의 확장에 필요한 교육을 제외한다면, 보편타당한 인간성의 체화와 타인과의 뜻깊은 관계나 공동체 형성을 제일의 목표로 삼기 마련이다. 위의 시에서 아이들은 이상적 세계상을 '선'의 지평을 적극적으로 내면화하기보다 '악'의 지평을 대상화하는 간접적이며 회류回流적인 방식으로 더듬어 나가는 중이다. 이를 어떻게 바라볼 것인가?

지나치게 추상적이며 관념적인 '말씀'들을 세계상像의 이상으로 무조건 밀어 올리는 것은 마뜩잖은 일이다. 하지만 따라 배울 모본模本은 도외시한 채 역사 현실의 부정형에 대한 폭로와 비판만을 근거로 이상적 세계를 기획하는 일도 썩 만족스럽지만은 않다. 그런 까닭에 아이들을 향해 "추억할 수 있는 과거"와 "기대할 수 있는 미래"의 충만함을 명랑하게 손짓하는 한편, 하지만 그것을 영원히 되찾을 수 없는 "슬픔의 항로"(「모든 슬픔은 현재다」)로 무참히 수장시킨 정녕코 "무서운 것"들의 무책임한 폭력성을 냉정하게 짚어내는 성숙한 혜안이 더욱 절실해진다.

이와 관련하여, "무서운 것"들에 대한 폭로와 고발로 초점화되어 있지만, 불편한 육신과 언어로 인해 피해자에서 가해자로 졸지에 둔갑되어 "두 번이나 경찰서에 가게 된" "뇌성마비 중증 장애인 김성윤 씨"(「김성윤 씨가 두 번이나 경찰서에 가게 된 까닭은」)의 비극적 에피소드는 항상 기억에 새로울 듯하다. 이른바 '정상인'의 '잡음어'가 '장애인'의 '바른말'을 '틀린 말'로 뒤바꿔버린 형국이기 때문이다. 그는 "마음대로 꾹꾹 누를 수 있는 건 제 설움밖에 없는"—"자잘한 휴대폰 자판"도 누르기 쉽지 않은 형편이므로—소외된 존재인지라 "가뜩이나 알아듣기 힘든" 말을 계속 발화할수록 예기치 않은 침묵의 절도絕島에 유폐될 위험성이 더욱 높아진다.

이럴 경우 '김성윤 씨'의 선택은 무엇이어야 할까. 오해를 무릅쓰지 않기 위해 아예 침묵할 것인가? 아니면 자신에게는 너무나 명징한, 그러나 타자에게는 이해 곤란한 '일그러진 말'들을 끊임없이 반복할 것인가? 역시 선택지는 후자다. 왜냐하면 '김성윤 씨'만의 '잡음어', 아니 고유어 속에는 막스 피카르트의 예리한 통찰처럼 "인간이 자기 자신을 위해 끌어 내올 수 있는 것보다 더 많은 고독과 기쁨과 슬픔이" 들어 있기 때문이다. 이 소외의 상황과 감각은 자아의 심연을 침통하게 엿보이는 '고통의 축제'를 환기한다는 점에서 고개 돌려 외면하고픈 마음을 어쩔 수 없이 자극한다. 하지만 저것들은 인간이라면 누구나 같이 느끼고 같이 끌어안을 수밖에 없는 기초적이며 궁극적인 감정들이라는 점에서 자아로의 심화와 타자로의 연대를 동시에 불러오는 긍정적 면모를 담뿍 내포하고 있다.

『소리는 어디에서 오는가』에서 이를 확인하는 가장 편리한 방법은, 아니 그래서 더욱 고통스러운 방법은 우리 '친밀성'의 한 기원이자 극점이면서, 또 그렇기 때문에 그 관계성에 넌덜머리를 무섭게 내던지는 가족, 그중에서도 부모에 관련된 기억과 사건들일 듯싶다. 물론 시인은 자기 아이에 대한 사랑과 연민, 남편과 시대에 대한 때로의 불만 섞인 애정, 그것의 확대로서 나이 많거나 어린 여러 학생 집단들에 대한 교육적 헌신들을 즐겁고 아프게 시의 집에 들여앉히는 일에도 열심이다. 하지만 부모는 '나'의 기원이자 성장의 축이며 최후로 돌아가야 할 영혼의 본향本鄕이다. 그렇기에 그 친밀성의 활력과 깊이를 그 누구에게도 빼앗기거나 양보할 수 없는 존재다. 그러므로 평생을 '식민의 땅'과 '생활 전선'에서 살면서 제 목소리와 말을 잃었던 '서벌턴'(sub-altern, 하위주체)으로서 제 부모의 삶에 관한 서사와 정서를 청취하고 기록하는 일은 세상의 말들을 그들에게 처음 건네받고 배우기 시작한 시인의 엄중한 의무이자 당위적 윤리일 수밖에 없다.

> 여전히 아무것도 없는 아버지,
> 낡아도 버리지 못하는 세간마냥
> 시간의 끝자락을 붙들고 계신다
> 풀뿌리, 나무뿌리에 허기지던 칠보산 자락
> 쓴나물밥처럼 넘어가지 않는 그 시절을
>
> 색 바랜 저고리에 브로치며 반지 두어 개
> 큰 가방에 소중히 꾸려놓으신 어머니,
> 누구누구 주라는 알량한 유언장까지
> 날마다 새로 쓰신다
> 보탤 것 없는 하루만 저물어 또 쌓이는데
>
> —「가족사家族史」 부분

'내 삶을 소설로 적으면 장편이 몇 권'이라는 어른들 회한과 슬픔의 목소리는 시인 부모의 일생에서도 한 치도 벗어나지 않는다. 빈한한 함경도의 삶을 해방 후 월남으로 간신히 규모 줄인 '38따라지' 아버지, '부자는 망해도 3대는 간다'는, 그러나 여러 사정으로 그 기간이 훨씬 짧아진 충청도 부잣집 막내 따님 어머니. 그 계급적 조건에 따른 부모의 삶은 '뭐라도 해야 간신히 굶지 않는'과 '아무것도 할 줄 몰라도 괜찮은'이 만나 '이상한 가역반응'을 일으키는 것으로 점철되었다는 것이 시인의 전언이다. '뭐라도'와 '아무것도'는 한 가정을 꾸리며 아이들도 낳고 서로 다른 처지의 고향을 애면글면 바라보았으나, 역시 그 조건들은 "세상에서 가장 무거운", 그래서 가장 '무서운' 것으로 부모의 삶을 밀어 갔다는 것이 솔직히 고백된 '가족사'의 민낯이다.

그런데 흥미롭게도 시인에게 아버지는 동일화의 대상으로, 어머니는 연민 가득한 반면 교사의 대상으로 비춰진다. 왜 그럴까?

먼저 아버지의 경우다. 시인은 "나에게 먹고사는 일보다 더 무거운 짐은 없었다"는 회한이 들이닥칠 때마다 "아버지가 지고 걸어온 가난의 무게를 떠올렸다"라고 고백한다. 그럼으로써 아버지의 가난에 자기 삶의 무게를 함께 얹는 것이며, 그 궁핍한 가계의 서사를 '가족사'를 넘어 '민중사'의 일반적 조건으로 역사화하는 것이다. 그런 의미에서 아버지의 죽음에 대해 가장 한스러운 일을 "통일을 못 보고 돌아가신 거다"(「살면서 가장 한스러운 일」)라고 한탄하는 목소리는 아버지 세대의 고향 상실에 대한 정중한 위로나 정치적 · 국제적 권력 관계가 초래한 분단체제에 대한 신랄한 비판만을 포함하지 않는다. 당연히 거기에는 현실 저편에서라도 '고향 회귀'와 '통일의 꿈'을 성취하기를 바라는 후속세대의 기원 역시 깃들어 있다. 불쌍한 '38따라지'의 삶은 '지금 여기'로 늦게 들어선 우리들의 온전한 삶을 비추고 안내하기 위한 은은한 램프로 여전히 걸려 있다는 판단은 그래서 가능하다. 그러므로 시인의 아버지에 대한 애틋한 추억과 서글픈 애도는 너무나 궁핍하여 넉넉한 삶이 최고의 희원이었던, 하지만 끝내 못다 이룬 그 꿈을 둥글고 따스한 램프에 담아 우리들 앞에 내거느라 바빴던 아버지 세대를 위한 찬양과 헌사로 읽혀 전혀 이상할 것 없다.

다음은 어머니의 경우다. 가족, 아니 '나'와 '어머니'의 관계는 「가여운 어머니」「슬픈 바리데기」「어머니, 여자의 것이 아닌」이라는 제목만으로도 그 갈등과 이해의 편린들이 오롯이 드러난다. 아버지의 궁핍한 삶에 한 맺힌 시인에게 "나의 어머니"는 "일하지 않는 계급"이며 "가여워서 용서할 수 없는" 대상이다. 최 부잣집 막내딸 어머니를 향한 '나'의 안쓰러움과 분노의 까닭은 다음 시구에 잘 보여진다: "어머니를 병들게 한 것은/ 가난일까/ 역사일까/ 노래일까 혀끝의 웃음일까/ 아니면 남부러울 것 없는 최 부잣집 막내딸일까". 물론 답은 전부, 아니 저 모두를 합한 것 이상의 '무엇'일 것이다.

인용구를 보면 시인은 어머니를 병들게 한 '무엇'의 기원과 최후를 "노동할 줄 몰랐던", 아니 그래도 되었던 계급 성분에서 찾는 듯하다. 하지만 어머니 '무노동'의 진정한 폐해는 일하지 않음으로써 "남의 처지를 돌아볼 줄 몰랐고/ 받은 것 없어도 베풀 수 있음을 몰랐"(「가여운 어머니」)던, 타자

및 그들과의 관계 부재의 삶에서 발생한다는 사실 역시 시인은 놓치지 않는다. 이런 어머니의 자기중심적 삶은 끝내 늙음과 병듦의 벽에 부딪힘으로써 자녀들을 "어머니의 바리데기"로 내몰기에 이른다.

'나'의 "바리데기" 처지는 그러나 어머니가 "우리 모두의 골칫덩이가 되었"기 때문이 아니라 "어머니를 돌보는 일은/ 끝없는 퇴행을 지켜보는 것"이기 때문에 불행하고 고통스럽다. 왜 안 그렇겠는가. 가까운 기억과 생활은 재빨리 잊히기 시작하고 멀고 먼 과거와 삶만이 뭉텅뭉텅 육신과 영혼을 떠다니는 병든 노년의 삶, 거기엔 비교적 짧은 '부잣집 삶'과 기나긴 '한 끼 때우는 삶'의 기이한 동거와 양자가 서로를 배척하는 갈등의 그림자가 가득하지 않겠는가? 이것은 시인에게도 "어떤 애틋한 추억도 없이/ 떠올리고 싶지 않은 유년의 찬방"(「슬픈 바리데기」)에 스스로를 다시 유폐시키는 끔찍한 일이기도 하다. 그런 점에서 '가여운 어머니'라는 말은 '가여운 나'와 어쩔 수 없이 등가화될 수밖에 없다.

어머니의 삶은 시인 자신의 역사와 삶의 일부이거니와, 그것은 다른 형태로 '나'와 '아이'들의 관계로 전이되고 있다는 점에서 피할 수도, 피해서도 안 되는 실존의 조건이 되고 있는 아이러니를 어쩔 것인가. 하지만 유의할 것은 이 지점에서야 비로소 '어머니'와 '나'의 상호관계가 인정되고 열리기 시작한다는 사실이다. 첫째, "증식하는 종양처럼 내 몸을 먹고 자란 아이가/ 내 몸을 가르고 나와/ 깊은 상처를 남"겼듯이 시인 또한 어머니에게 그랬다는 것, 둘째, 그럼으로써 어머니가 산발한 머리와 젖은 치맛자락 아래 "맨발에 거친 손으로 퉁퉁 불은 젖가슴 풀어헤치고/ 내 봉인된 유년의 빗장을" 풀게 된다는 것을 보라.

물론 "여자의 것이 아닌/ 모성의 빗장을 푼다"라는 말이 여전히 어머니와의 화해를 제한하고 있다는 느낌을 준다. 하지만 뒤이은 "태어나면서부터 어머니인 게 아니로구나"(「어머니, 여자의 것이 아닌」)라는 말에서는 젠더로서의 '여성성'에 반하는 '모성성'조차 역사와 현실의 굴레 속에서 계획되고 창안되고 변환되는 '만들어진 무엇'임을 이해하려는 시선과 태도가 엿보인다.

이때 병든 어머니를 향한 눈물겨운 사랑과 타자지향성은 다른 무엇도 아닌 가장 기초적인 일상생활, 이를테면 머리 감기기 같은 몸과 몸의 만남과 어루만짐에서 열리기 시작한다는 점에서 그 가치와 의미가 심상치 않다: "어머니의 머리를 감겨 드리며/ 보잘것없는 상추 뿌리를 거두어/ 마음 텃밭에 옮겨 심은 날/ 이제는 힘을 다한 어머니의 수맥이/ 내 마른 뺨에 물길을 내고 있었다"(「뿌리를 거두다」). 어머니는 제 몸의 물길을 점차 소진시킴으로써 '나'의 눈물을 더욱 잦게 한다. 하지만 그럼으로써 상추를 키우고 아이들을 거두는 내 몸과 영혼의 물줄기를 더욱 깊고 넓게 하고야 만다. 여기서 우리는 인간의 불연속성과 본원적 한계를 신랄하게 고지하는 '노병사老病死'가 오히려 우리들의 '생生', 곧 연속성을 경험하고 확신케 하는 존재의 변증법을 자연스럽게 만난다.

하지만 이런 풍경을 두고 생과 사의 신화를 재치 있게 끌어들여 노동할 줄 몰랐던 '어머니'와 극적으로 화해하는 장면이라고 적어 두지는 말자. 어머니와의 재통합은 엄연히 '노동하지 않은 삶'에 대한 냉철한 거절, 궁핍한 현실 속의 출산과 육아에 담긴 노동의 가치 및 모성의 역사성에 대한 새로운 이해, 자기 삶에서 그것이 반복되고 있음에 대한 깨달음들이 합쳐진 결과물일 따름이다. 이 자리가 중요한 결정적인 까닭은 시인의 청년 이후를 일관하는 새로운 역사와 생활에 대한 의지와 더불어, 은밀히 숨기며 조심스레 키워온 시가 뿌리내리고 꽃 피는 생명의 유곡幽谷과 연결되기 때문이다.

일주일에 한 번씩은
책장이며 액자며 창틀을 닦는다
시간의 먼지가 내려앉아
하얗게 묻히는 것이 두려워서
마른 걸레, 젖은 걸레를 번갈아 가며 닦는다
추억도 무게가 나가는 것인지
나이 들면서 몸무게도 자꾸 늘어
나는 두터워지는 것 같다
묻히는 것은 무엇이나 두렵다
열정이 소진한 대신에
신중해지고 후회가 많아지면서
삶은 껍질을 지어 올리고
언젠가는 푸르게 위장한 봉분에 묻힐 것이다
지상에 남겨둔 보잘것없는 껍질이여
흰 손바닥으로 무엇을 증언할 것인가
일주일에 한 번씩 청소를 하며
나는 닦는다

낡은 세계로 침잠하는 나의 무게를

—「청소를 하며」 전문

'청소'는 더러움을 닦아내고 폐품을 깨끗이 정리함, 그러니까 '버림'과 '잊음'의 행위로 흔히 정의된다. 그러나 무엇을 버리고 닦아낼 것인가에 대한 신중한 고민 없는 청소는 전 생애의 기억과 흔적이 가득한 "낡은 세계로 침잠하는 나의 무게를" 섣불리 삭제하고야 만다. 그러니 청소할 때는 "신중해지고 후회가 많아"질수록 '나의 무게'로 "푸르게 위장한 봉분"을 쌓아 올릴 가능성이 더욱 커진다. 시인은 "펜과 종이 위에 잠시 머물 수 있는/ 한 뼘의 서재"를 열망하며, 그곳에서 "낙숫물처럼 떨어지는 생각이/ 고일 시간"(「시 쓰는 일의 어려움」)을 가질 수 있기를 '투쟁'해 왔다.

그러나 만약 노동이 말끔히 삭제된 시 쓰기만이 허락되었다면, 어머니의 무노동에서 보았듯이, 그 누구도 닦아낼 수 없고 그래서도 안 되는 시인만의 "시간의 먼지", 곧 "나의 무게"는 결코 획득되지 못했을 것이다. 그것이 일상생활에 관련되든, 혁명운동에 관련되든, 일하는 '시간의 깊은 강'이 있어 "강바닥에 침전된 지난날의 찌꺼기들이/ 물거품처럼 닥쳐올 무수한 날들을 띄워 올"(「추억 2」)릴 수 있었는지도 모른다. 따라서 저 "한 뼘의 서재"는 삶의 난장이 펼쳐지는 역사 현실과 단절된 '예술미'만이 생장하고 만개하는 장소일 리 없다. 오히려 그간 시인의 저 깊은 곳에 감춰진, 하지만 그래서 고통을 더욱 더해온 어떤 기억과 사건들, 비유컨대 "유폐된 기억의 방에 검은 곰팡이꽃 피고 망각의 벽으로 스며 내리는 검은 물"(「추억 2」)을 풀어놓고 마음껏 뛰놀게 하는 본원적 장소로 읽어 마땅하다.

그리고 어느 날

늘 눈부셔서 나의 목을 타들게 했던 그의 시가
춥고 쓸쓸한 검은 등을 내보이며
비스듬하게 추억의 갈피에서 걸어 나왔다
한때 내 시가 거리를 헤맬 때 좁은 방 딱딱한 나무 의자에 그는 고목처럼 묻혀
맹렬한 검은 잎으로 온몸을 덮고 광합성을 하고 있었다
나는 좌절하였다 나는 옳았지만 그는 빛났다

그리움이 내게 손 내밀었다
비로소 우리의 한 시기가 우리 곁을 떠나고 있었다

—「추억 2」 부분

'그'는 시인의 대학 선배 고故 기형도 시인이지만, 오히려 '그' 하나로 추억과 애도의 대상을 한정할 필요는 없다. "춥고 쓸쓸한 검은 등"을 시의 등걸 삼아 "맹렬한 검은 잎으로 온몸을 덮고 광합성을 하"던 시인, 아니 인간들 모두로 호명하는 편이 훨씬 아름답고 유익하다. 물론 「추억 2」의 핵심은 '그'에 대한 그리움 자체라기보다는 "나는 좌절하였다 나는 옳았지만 그는 빛났다"에 보이는 각자 삶의 위상과 가치에 대한 판단일 것이다. 그러나 우리들은 유의해야 한다.

이미혜 시인이 필생의 희원 『소리는 어디에서 오는가』를 냈다고 하여 저 명제가 깨끗이 무화되거나 해소되지 않는다는 사실을 말이다.

오히려 '그'와 '나'가 함께 옳고 빛나게 되려면, 서로의 그리움이 생사의 공간을 넘나들며 서로를 포옹하고 있다는 것, 그래서 "우리의 한 시기가 우리 곁을 떠나고 있"음을 드디어 인정할 수 있게 되었다는 사실을 공유해야 한다. 이것은 시인이 더 이상 "지도 없는 마을에서 살"면서 "종종 길을 잃"거나 "내 안에 허공 하나를 키우게"(「추억을 갖지 못한 자의 슬픔」) 될 소외와 고독의 삶에 강제 구인되지 않게 되었음을 뜻한다.

하지만 그렇다고 "한 시기"를 보낸 서로의 추억이 '시'를 자동사형으로 불러들일 것이라고 오해해서는 안 된다. 이미혜는 이후 도래할 시의 문법을 표제작 「소리는 어디에서 오는가」에서 이렇게 적어두었다. "문득 마음속에서 징검돌 하나가 떠올라/ 내 밖으로 멀어져 갔다/ 파문처럼 파문을 딛고 말들이 건너오는 소리"라고. 그렇다, 언어와 감각의 미학적 구심력과 역사 현실의 실천적 원심력의 열린 관계를 잊지 않는 것, 그 속에 자아의 삶을 활달하고 섬세하게 뿌리내려 시라는 생명수生命樹의 그늘을 짙게 넓히는 것, 앞으로 주어진 시의 과제다. 이 과제를 잘 풀어낸다면, 시의 잎 사이마다 "귀 기울여도 들리지 않"으며 "마음 기울여도 들리지 않는" "사람들 사이를 딛고 걸어 나가는" 어떤 소리들이 명랑하게 잉잉거리게 될 것이다.